KB266536

인력거꾼
사랑 손님과 어머니 외

책임편집 정정호

서울대학교 영어교육과 및 같은 대학원 영어영문학과 석·박사과정을 수료하고, 미국 위스콘신(밀워키) 대학교에서 영문학 박사 학위를 취득하였다. 한국영어영문학 회장, 한국비평이론학회장, 국제비교문학회(ICLA) 부회장 등을 역임했다. 대표 저서로『영미문학비평론』『비교세계문학론』『문학의 타작』등이 있으며 역서로는『현대문학이론』『사랑의 철학 : P. B. 셸리의 시와 시론』등이 있다. 현재 문학비평가, 국제PEN 한국본부 번역원장, 중앙대학교 명예교수.

한국 문학을 읽는다 26

인력거꾼 · 사랑 손님과 어머니 외

1판 1쇄 발행 2026년 4월 14일
1판 1쇄 발행 2026년 4월 20일

지은이 · 주요섭
펴낸이 · 김화정
펴낸곳 · 푸른생각

책임편집 · 정정호 | 편집 · 지순이 | 교정 · 김수란
등록 · 제310-2004-00019호
주소 · 서울시 중구 충무로 29 아시아미디어타워 502호
대표전화 · 02) 2268-8707
이메일 · prun21c@hanmail.net
홈페이지 · www.prun21c.com

ⓒ 푸른생각, 2026

ISBN 979-11-92149-73-8 04810
ISBN 978-89-91918-21-4 04810(세트)
값 16,000원

한국 문학을
읽는다

26

인력거꾼
사랑 손님과 어머니

외

주요섭

책임편집 정정호

PCSg

한국 문학사 최초의 세계주의 작가

　주요섭은 1920년 1월 3일 『매일신보』에 「이미 떠난 어린 벗」을 발표한 것을 시작으로 1972년 타계할 때까지 50여 년간 단편소설 39편, 중편소설 6편, 그리고 장편소설 6편을 써냈다. 그의 작품들은 1910년 한일 강제 병합부터 해방 이후, 6·25전쟁에 이르기까지 복잡하고 다채로운 역사적 사실과 인간에 대한 깊은 이해를 보여 준다. 또한 그는 평양에서 태어나 중학교 때까지 그곳에서 살았고 중국 상하이에서 7년, 베이징에서 9년, 미국에서 최소 2년 반, 일본에서 수년간, 그 후 주로 서울에서 살았다. 소설가 주요섭은 한국 문학사 최초의 세계시민이었으며 전 지구적 안목을 가지고 국제적 주제를 다룬 작가이기도 했다.

　1920년 「이미 떠난 어린 벗」에 이어 「추운 밤」을 발표하며 등단한 주요섭은 독립운동을 위해 1921년 중국으로 떠난다. 상하이에 도착하자마자 평소 깊이 존경하던 도산 안창호 선생을 만났고, 도산이 1913년에 미국 샌프란시스코에서 창단한 흥사단에 즉시 가입하였으며, 선생의 권유에 따라 학업을 계속하여 후장대학교에 입학했다. 1920년대 당시 "동양의 파리"로 불리던 상하이에는 중국을 식민지로 삼으려는 서구 열강들의 전략에 따라 주요 강대국들의 조계(租界)가 세워져 있었고, 그곳에서 서양 사람들은 중국의 법을 무시하며 자유와 권력을 누리고 있었다. 상하이의 빈부 격차와 인종차별은 극에 달했고 그러한 현실을 목격한 대학생 주요섭은 1920년대 초반 중국의 빈부 격차와 천민자본주의 문제를 다룬 작품들을 써냈다. 「인력거꾼」, 「살인」 등이 이런 계열의 소설이다.

주요섭은 1927년 후장대학교를 졸업하고 미국의 명문 스탠퍼드 대학교 대학원 교육학과에 입학 허가서를 받았다. 미국으로 떠나기 전 그는 흥사단 기관지로 1926년 창간된 『동광』 1월호에 단편소설 「개밥」을 발표했다. 가난한 일가족의 슬프고도 끔찍한 이야기인 「개밥」은 사회의 비참한 모습을 있는 그대로 묘사한 자연주의 기법으로 독자들에게 충격을 안겨 준다.

1930년대부터 주요섭은 사회주의에서 탈피하여 민족주의 계열로 가지 않고 중간 노선인 사실주의에 머무르게 되었다. 소설가로서 사회주의와 민족주의로 양분된 문단의 논쟁에 거리를 두고 오직 현실을 "있는 그대로" 그린 소설을 쓴 것이다. 특히 1935년에 발표한 「사랑 손님과 어머니」는 이전의 작품과는 전혀 다른, 한 폭의 수채화처럼 아름다운 소설이다. 이 소설을 시작으로 주요섭의 작품은 초기의 신경향파적이고 자연주의적 경향을 벗어났으며, 그다음에 발표한 「아네모네의 마담」에서는 사랑의 또 다른 모습도 보여 준다. 1930년대의 자유연애의 한 단면을 보여 주는 「아네모네의 마담」은 전통적인 윤리에 사랑을 포기하고 마는 「사랑 손님과 어머니」와 대비된다. 작가 주요섭은 그 외에도 사랑의 신비에 대해 「첫사랑 값」, 「미완성」, 「극진한 사랑」에서 심도 있게 다루었다. 이들 모두 이룰 수 없는 미완성의 사랑 이야기들이다.

주요섭의 작가적 일생 50년을 되돌아보면 항상 "재미있는 이야기꾼"으로서의 재능과 서사적 충동을 벗어날 수 없었던 "타고난" 소설가였다고밖에 볼 수 없다. 그는 일제강점기 초기부터 해방 공간, 6·25전쟁, 4·19혁명이 일어난 1960년대 말까지 50년간 한반도는 물론 상하이, 베이징, 만주 그리고 일본과 미국에 이르기까지 광대한 지역을 횡단하면서 수십 편의 작품을 써낸 세계주의적인 소설가로서, 한국 문학사 그리고 한국 소설사에 커다란 자취를 남겼다.

2026년 3월 1일
책임편집 정정호

차례

일러두기

1 각각의 작품은 등장인물 소개 — 작품 게재 — 이야기 따라잡기 — 쉽게 읽고 이해하기의 순서로 되어 있습니다.

2 〈등장인물〉에서는 작품에 등장하는 주요 인물을 소개하고 간단하게 설명하였습니다.

3 작품의 원문을 되도록 충실하게 싣되, 독자의 이해를 돕기 위해 낱말풀이를 상세하게 달았고(괄호 안 작은 글씨) 중간중간에 소제목을 붙였습니다(원문에 장번호가 매겨져 있을 경우에는 그 번호에 따라 단락을 나누고 소제목을 붙였습니다).

4 〈이야기 따라잡기〉에서는 작품의 줄거리를 요약 정리하였습니다.

5 〈쉽게 읽고 이해하기〉에서는 작품을 감상하는 데 필요한 핵심적인 요소를 짚어 주었습니다.

6 마지막으로 〈작가 알아보기〉에서는 작가의 생애와 작품 활동, 작품 세계 등을 이해할 수 있습니다.

인력거꾼

『개벽』 제58호(1925년 4월 1일)에 발표되었다. 주요섭은 이 작품에 대해 "상해에서 늘 타고 다니는 인력거를 끄는 인력거꾼들의 비참한 생활을 보고 동정과 분노를 억제할 수 없어서 「인력거꾼」이라는 단편소설을 써서 『개벽』지에 투고했더니 실어 주었고 그 당시 비평가들의 좋은 평도 받았다. 청탁받은 원고도 아니요 원고료라는 것이 있을 턱이 없지만 내 작품이 활자가 되고 또 싫지 않은 평을 받은 것만으로도 대만족이었다."고 말했다. "호강대학교 2학년 재학 때 사회학 교수의 지도로 인력거꾼들의 합숙소 현지 조사 연구에서 너무나 심한 충격을 느껴 「인력거꾼」을 썼다"는 기록도 있다.

그는 그런 천당에는 가기가 싫었다. 천당에 가서도 낮은 데 사람이 위에 가고
위엣 사람이 아래로 가지지 않는다고 할 것 같으면
그런 데까지 일부러 다리 아프게 찾아갈 필요는 없는 것이었다.

등장인물

아찡　　중국 상해에서 인력거꾼으로 일하는 남자. 가난 때문에 어려서는 남의 집 하인으로 일했고, 닭을 훔쳐 먹은 죄로 징역을 살았으며, 상해에 와서는 처음 공장에 들어갔다가 8년 전부터 인력거를 끌고 있다.

뚱뚱이　　아찡과 같이 사는 인력거꾼. '돼지'라는 뜻의 '쭐루'라고도 한다.

하인　　아찡이 찾아간 무료 병원의 하인.

신사　　무료 병원에서 환자들에게 설교하는 기독교 신자.

순사부장　　영국인. 연고 없는 사망자가 생겼다는 보고를 받고 공무국에서 나왔다.

의사　　순사부장과 동행하여 시체의 검시를 맡는다.

인력거꾼

상해의 인력거꾼 아찡의 아침

밤 새로 두 시에야 자리에 누웠던 아찡이 아직 날이 채 밝기도 전에 졸음 오는 눈을 비비면서 일어났다. 자리라는 것이 곧 되는대로 얼거리해 놓은 막살이 속에 누더기와 짚을 섞어서 깔아 놓은 돼지 우리 같은 자리였다. 그 속에서는 아직도 돼지같이 뚱뚱한 동거자(同居者)가 흥흥거리며 자고 있는 것을 깨워 일으켜 가지고 아찡이는 코를 흥 하고 풀어 문턱에 때려 뉘면서 찌그러진 문을 열고 밖으로 나왔다.

잠자던 거리가 깨기 시작하는 때였다. 상해 시가의 이백만 백성이 하룻밤 동안 싸 놓은 배설물을 실어 내 가는 대변 구루마들이 요란한 소리를 내며 잔돌 깔아 우두럭투두럭한 길 위로 이리 달리고 저리 달리고 하는 것이 아찡의 눈앞에 나타났다. 동편으로 해가 떠오르려 하는 때이다. 일찍 일어난 동네 집 부인님네들이 벌써 일본 사람의 밥통 비슷하게 생긴 똥통들을 부시느라구(씻느라고) 길가에 죽 나서서 어성버성한 참대 쑤

시개로 일정한 리듬을 가진 소리를 내면서 분주스럽게 수선거렸다. 아찡이와 뚱뚱바위는 약조했던 듯이 한꺼번에 하품과 기지개를 길게 하고 바로 맞은편 떡집으로 갔다. 거리로 향한 왼편 구석에 널빤지 얼거리가 있고 그 얼거리 위에 원시적 기분이 농후한 검은 질그릇 속에 삐죽삐죽하게 콩기름에 지져 낸 유재꽤(조반죽 반찬 하는 떡)가 담뿍 꽂혀 있고, 그 옆에는 방금 지져 놓은 먹음직한 쏘빙(떡)들이 불규칙하게 담겨 있는 위로는 벌써 잠코 밝은 파리 친구들이 몇 마리 달려와서 윙 — 하면서 이 떡 저 떡으로 돌아다니며 먹고 싶은 대로 실컷 그 고소하고 짭잘한 맛을 빨아들이고 있었다. 이 선반 바로 뒤에는 사람의 중키만이나 하게 높이 쌓은 우리나라 물독 비슷하게 생긴 가마가 놓였고 그 가마 밑 네모난 구멍에 지금 떡 굽는 사람이 풀무를 갖다 대고 풀덕풀덕하며 가마 안에 불을 활활 피우고 있고 가마 위 나무 뚜껑 아래에서는 길죽길죽하게 빚고 한편에 깨 몇 알 뿌린 쏘빙들이 우구구하면서 뜨거운 진흙 가에 모래찜을 하고 있었다. 그것들이 모래찜을 실컷하야 엉덩이가 거무칙칙하게 되면, 그 손톱이 세 치씩이나 자란 떡 굽는 이의 손이 들어와서 하나씩하나씩 잡아내다가 앞에 놓인 선반 파리 무리 잔치 터에 던져 주는 것이었다. 바로 이 떡가마 왼편에는 기다란 부뚜막을 가진 가마가 걸렸고 그 위에서 지금 유자꽤들이 오그그그그 하면서 콩기름 속에서 부어오르고 있었다. 그러고 역시 행길 쪽으로 향한 이편 한 모퉁이에는 네모방정한 부뚜막 위에 보름달만큼이나 크게 둥글둥글한 서양철 뚜껑을 덮은 깊다란 가마들이 너다섯 개 삥 둘러 걸렸고 부뚜막 바로 중앙에는 직경이 두 치밖에 아니 될 쇠통이 뚫려 있어서 이 가마지기가 이따금 이따금 그 조그맣고 똥그란 뚜껑을 열고는 바로 그 부뚜막 안측에 쌓아둔 물에 젖은 석탄 가루를 한 부삽씩 쪼르르 쏟는 것이었다. 그러면 그 구멍 속으로부터는 까만 내와 빨간 불길이 홀깃홀깃하고 밖으로 치내미는 것을 서양철 뚜껑으로 덮어 막아버리고는 놋으로 만든 물푸개를 바른손에 들고 왼손으로 이편 가마 뚜껑을 쳐들고는 부글부글 끓는 맹물을 퍼서 저편 가마 속에 쭈루루 쏟고는 또다시 왼편 가마 속 물을 퍼다가 바른편 가마에 넣고 이렇게 쭈룩쭈룩 소리를 내면서 분주스리 퍼 옮기고 쏟아 옮기고 하다가는 엽전 두 닢, 나무 조각 서너 개씩을 가지고 와서 삥 둘러 섰는 아가씨들과 할머니들의 서양철 물통(오리 주둥이 같은 것이 달린 것), 세숫대야, 쇠주전자, 사기 주전자 등에 엽전 두 푼에 한 물푸개씩 주루룩 그 절절 끓는 물을 담아 주는 곳이다.

아찡과 쭐루(도야지)라는 별명을 가진 동거자는 어두컴컴한 부엌 속으로 들어가서 둥그런 탁자를 가운데 놓고 뒤받이 없는 교의에 삥 둘러 앉은, 때 묻은 옷 입은 친구들 틈에 끼어 앉아서 떡 두 개씩과 꺼륵한 묵 물을 한 사발씩 마시고 쩔렁쩔렁하는 전대 속에서 동전을 여섯닢 꺼내서 탁자 위에 메치고 코를 싱싱 방바닥에 풀어 붙이면서 걸어 나왔다.

인력거꾼들의 경쟁

둘이서는 잠잠히 걸었다. 조약돌을 깔아 울투룩불투락한 좁은 골목을 꿰어 나와 전찻길을 끼고 한참을 나가다가 다시 조그만 골목으로 조금

들어가서 인력거(人力車) 세방 앞에 다다랐다. 벌써 숱한 인력거꾼들이 와서 널찍한 창고 속에 줄줄이 가득 차게 세워 둔 인력거를 한 채씩 끌고 뒷문으로 나갔다. 아찡도 연극장 입장권 파는 구멍 같은 구멍으로 가서 거의 해어져 떨어져 가는 종이에 돌돌 싸둔 대양(大洋, 1930년대 중국 광동성 등에서 유통된 고액 은화) 80전(錢)을 인력거 하루 세 선금으로 지불하고 표 한 장을 얻어 들고 어둑한 창고로 들어가 제 차례에 오는 인력거를 한 채 들들 끌고 거리로 나왔다. 그는 잠깐 우두머니 서서 분주스럽게도 왔다 갔다 하는 군중을 바라다보다가 인력거 뒤채를 부득부득 밀면서 나오는 뚱뚱이에게 이렇케 말했다.

"오늘 어째 신수가 궁한 것 같아! 어젯밤 꿈이 수상하더라니!"

뚱뚱이는 이 말을 대답할 새도 없이 벌써 저편 맞은 거리에서 오라고 손질하는 서양 여자를 보고 설마 남에게 빼앗길세라 줄달음질을 쳐 가서 인력거 앞채를 척 내려놓고 그 여자를 태웠다.

아찡은 절반이나 잊어버려서 무엇인지 잘 생각도 아니 나는 꿈을 되풀이해 보려고 애를 쓰면서 정거장 쪽으로 향해 갔다.

마침 남경(南京)서 오는 막차가 새벽에 정거장에 닿았다. 제섭원(齊燮元, 중국의 군벌)이가 노영상(盧永祥, 중국의 군벌)이를 들이친다구 풍설(風說, 소문)이 한참을 낮을 때에 이번 차가 아마 마지막 차일는지도 모른다구 소주서 곤산서 쓸어오는 피난민이 넓은 정거장이 찢어져라 하고 밀려 나왔다. 정거장 정문은 벌써 그동안 각처에서 몰려든 피난민들의 잃어버린 짐짝으로 가득 차 와 교통 단절이 되고 좌우 문으로 쏠려 나오는 군중들이 문간에 수직(守直)하고 있는 군인들의 몸수색을 당하면서 이리 밀치우고 저리 밀치우고 흐늑흐늑하고 있었다.

아찡은 이 기회를 아니 놓치리라구 이리 기웃 저리 기웃하며 기회만 엿보고 서 있었다. 저편 한구석으로 아니가라나(아니나다를까) 늙은 할머니 한 분, 젊은 새악시 한 분, 또 돈푼이나 있어 보이는 젊은 사내 하나가 고리짝, 참대 궤짝, 바구니 등 수십 개의 짐짝을 겨우 수색을 마치고 시멘트 길바닥에 쌓아 놓고 땀들을 씻고 있었다. 아찡은 곧 그리로 뛰어가려고 하다가

"이놈아!"

하고 외치는 역전(驛前) 순사(巡査) 고함 소리 밑에 쥐 죽은 듯이 한편으로 물러서면서 아까운 듯이 그쪽만을 바라보았다. 짐은 산더미처럼 쌓아 놓고 촌닭이 관청으로 온 모양에 두리번두리번하던 젊은 사내가 마침내 짐짝을 여인들에게 잘 보라구 부탁하고 인력거를 부르러 정거장 구외로 나왔다. 아찡은 인력거를 한모퉁이에 집어던지고 번개처럼 달려들었다. 벌써 네다섯 다른 인력거꾼들도 달려와서 이 젊은이를 에워쌌다.

"어디 가시려오? 어디요? 여관에 가려오?"

젊은이는 어찌해야 좋을는지 모르겠다는 모양으로 한참이나 어릿어릿하다가 겨우 상해 말은 아닌 어떤 사투리로 여관까지 얼마에 가겠느냐고 물었다.

"사마로(四馬路)까지 60전이오."

하고 한 인력거꾼이 즐거운 듯이 웃으면서 말했다.

젊은이는 다시 우물우물하다가

"20전에 가면 가고 그렇지 않으면 고만두어!"

하고 모기 소리만치 중얼거렸다. 인력거꾼 한 서넛이 펄적 뛰면서 한꺼번에 외쳤다.

"어디를! 우리 그렇게 에누리 아니한답니다."

"그자 촌놈이다. 상해 말도 할 줄 모른다."

하고 인력거꾼 하나가 고함을 쳤다. 그들은 이 시골뜨기를 잔뜩 골려 먹으려고 그냥 60전을 내라고 떠들었다. 얼마 동안에 오고 가는 말이 계속되다가 값은 마침내 매(每) 인력거에 40전씩(보통 정가의 4배)에 작정이 되었다. 아찡이도 식전 새벽에 이게 웬 떡이냐 하고 새벽 호운(好運, 좋은 운수)을 웃고 떠들어서 축하하는 동무 인력거꾼들과 섞여서 정거장 구내로 들어가서 고리짝을 한 개 들어내 왔다. 아찡은 큰 고리짝 한 개와, 얻어먹다 남았는지 반찬 대가리 싼 조그만 보꾸러미 한 개를 올려놓고 앞장을 서서 줄곧 달음질해 나아갔다.

사마로의 여관은 여관마다 피난민으로 가득 찼다. 그래 그들은 짐들을 싣고 이 여관 저 여관으로 한참이나 왔다 갔다 하다가 마침내 어떤 더럽고 조그마한 여관에 가서 남은 방은 없으나 응접실에서 자기로 하고 하루에 방세 2원(圓)씩 주기로 하여 마침내 자리를 잡았다. 인력거꾼들은 그동안 여기저기 끌려다녔다는 것을 핑계로 해 가지고 한참이나 요란스럽게 떠들어서 마침내 매인(每人) 대양 1원씩을 떼어 내었다. 아찡도 그에 왼손 바닥에 놓인 번들번들하는 은전 대양 1원을 눈이 부신 듯이 바라다보면서 저고리 앞자락으로 흘러내리는 땀을 씻고 서 있었다.

그가 인력거 채를 되는대로 질질 끌면서 다시 큰거리로 나아올 때 그는 혼자서

"이게 웬 떡이냐! 꿈에 신수가 궁하면 정말은 신수가 좋은 법이야."

하면서 속으로는 좀 있다가 방장에 선술집에 가서 한잔할 기쁨을 예상하면서 그 번들번들하는 큰 돈을 허리춤 전대에 잘 간수했다.

정말로 그날은 특히 운이 좋았던지 큰 거리에 척 나서자 가랑이 넓은 바지를 입고 팽갱이 같은 모자를 쓴 미국 해군 하나를 태우고 팔레스 호텔까지 갖다 주고 해군들이 보통 하는 버릇으로 그냥 막 집어 주는 돈을 받아 헤어 보니 20전이 한 닢 동전이 열두 닢이었다.

그는 너무나 좋아서 빙글빙글 웃으면서 전차 궤도를 건너 인력거 정류소로 들어가 차를 내려놓고 그 손살대 위에 편안히 걸터앉아서 행상하는 어린애를 불러다가 동전 두 푼을 주고 쏘빙(떡)을 두 개를 더 사서 찻물로 목을 축여 가며 맛이 있게 먹었다.

갑자기 쓰러진 아찡은 무료 병원을 찾아간다

해는 벌써 거의 오정이 되었으리라고 그가 생각한 때 제 차례가 와 닿았다. 방금 팔레스 호텔 문지기 인도인이 망치를 휘두르면서

"인력거꾼."

하고 부르는 소리를 듣고 달려가려고 펄석 일어서다가 아찡은 그만 벌떡 나가 자빠졌다.

아찡 뒤에서 참새 눈깔 같은 눈을 도록도록하고 있던 뾰족이가 번개같이 아찡 옆으로 뛰어나가 손님을 태우려 달려갔다.

아찡이는 다시 일어나면서 저도 모르게 "에쿠" 하고 신음을 했다. 한 정거장 안에서 잡담들을 하고 있던 동료들이 여남은이나 죽 둘러서서 웬일인가 물어보았다. 아찡은 겨우 몸을 일으켜 인력거 위에 걸터 앉으면서 "오루" 하고 바로 그 앞에다가 방금 먹은 것을 고채로 게워 놓았다. 동료들은 한편으로는 놀라면서도 한편으로는 우스워서 하하 웃으면서 그를 내려다보고 있었다. 그는 머리가 횡하고 온몸이 노곤한 것을 깨달았다. 5분, 10분, 15분, 그는 다시 제 기운을 차리려고 노력했으나 무효이었다.

동료 중에 그중 나이 좀 먹은 곰보 영감이 마침내 동정하는 듯이 가까이 와서 아찡이의 싸늘하게 식은 손을 주무르면서 이렇게 말했다.

"여보게, 요 골목 돌아서 사천로(四川路) 청년회에 가면 돈 안 받고 병 보아 주는 의사 어른 계시디. 그리 가 보게. 그저께 우리 장손이가 갑자기 아파서 거기 가서 약 두 봉지 타다 먹구 나았다네. 어서 가 보게."

아찡이는 무의식하게 고개를 끄덕이었다. 아마 곰보 영감 말을 들어야 할까 보다 하고 흐릿하게 그는 생각했다. 그러나! '어젯밤 꿈이 불길하더라니!' 어떤 무서운 생각이 번개같이 지나갔다. 그러면서 이 반작하는 전기가 그를 뛰어오르게 했다. 그는 인력거도 아무것도 잊어버리고 홑몸으로 뛰쳐나와 달음질쳐서 남경로(南京路)로 들어섰다.

그는 그가 어떤 모양으로 여기까지 왔는지를 기억할 수가 없었다. 하여간 이 사람 저 사람에게 물어 핀잔을 먹어 가면서 여기까지 찾아는 왔다. 방 안에는 저 외에 서너 노동자들이 먼저 와 앉아서 아무 말도 없이 서로 번번히 쳐다보고들 앉아 있었다. 한 사람은 어디서 구루마에 치였는지 그냥 피가 뚝뚝 흐르는 팔을 추켜들고 "흐흐" 하면서 부들부들 떨고 있었다. 아찡은 한참이나 벽을 기대고 반쯤 누워 있다가, 차차 정신이 드는 것을 깨달았다. 이제는 정신은 똑똑한데 몸이 그저 사시나무 떨리듯 우들우들 떨리고 멎지를 않았다.

의사님은 어디 갔는가?

하인 같은 사람 하나가 비를 들고 들어왔다. 아찡은 거의 본능적으로

"의사님 어디 가셨소?"

하고 물었다. 하인은 대답 없이 비로 방 안을 두어 번 슬적거리고 나서는 기지개를 하면서

"규칙이 의사님이 새로 두 시에야. 어디든지 갔다가 두 시에 오라우! 두 시 전에는 의사님이 아니 오는 규칙이야."

하고 다시 방을 쓸기 시작했다. 아찡은 풀석풀석 비 가는 대로 일어나는 먼지를 흠빡 받으면서 잇몸이 떡떡 마주 붙어서 떨리는 소리로 다시 말했다.

"지금 몇 시쯤 됐소?"

"열한 시."

하고 하인은 시간을 따로 외우고 다니는 듯이 빨리 말했다.

세 시간이 있다. 그러나 여기서 기다릴밖에 없다. 이 모양으로는 아무 데도 갈 수가 없다. 왜 이렇게 몸이 자꾸 떨릴까?

아찡이 한참이나 정신이 없이 있다가 다시 정신을 차린 때에는 떨리는 증세는 모두 없어지고 그저 머리를 무슨 몽둥이로 얻어맞은 듯이 뭉덩할 뿐이었다. 팔 부러진 사람은 아직도 그냥 "흐흐" 하고 앉았고 다른

사람들은 일절 나는 상관없다 하는 듯이 천장들만 쳐다보고 있었다. 두려운 암시를 주기 알맞은 침묵이었다. 흐리멍텅한 아찡의 귀에는 밖으로 뿡뿡 쓰르르 하고 오고 가는 자동차 소리들이 어디 멀리서 들려오는 소리같이 들렸다. 그는 침묵이 싫었다. 그래 그는 이 두려운 침묵을 깨뜨리는 것이 그의 책임이라는 듯이

"지금 몇 시나 됐을까요?"

하고 공중을 향해 물었다. 천장만 쳐다보던 사람들이 잠깐 얼굴을 돌려 표정 없는 흐리멍덩한 눈동자로 바라다볼 뿐이요, 아무도 대답하는 이가 없었다. 아찡은 다시 어떤 무서운 생각이 나서 몸을 부르르 떨었다.

"글쎄 어젯밤 꿈이 흉하다니까!"

병원에서 만난 신사가 예수에 대해 설교한다

문이 열리면서 깨끗한 양복을 입고 금테 안경을 쓴 뚱뚱한 신사가 한 분 들어왔다. 아찡은 직각(直覺)으로 이이가 의사 어른이어니 하고 벌떡 일어나면서

"의사 나리님, 제가 오늘 갑자기……."

"아니오, 아니오! 의사는 아직도 두 시나 더 있다가야 와요. 좀 더 기다리시오!"

하고 젊은 신사는 급급히 대답하면서 뒷문을 열고 안방으로 들어갔다. 조금 있다가 그 젊은 신사가 다시 나아왔다. 아픈 몸과 가슴을 가진 그

들의 눈들이 그의 일동일정(一動一靜)을 멀거니 바라다보고 있었다.

이 젊은 신사는 좀 뚱뚱한 딴에 쾌활스런 성격이었다. 그는 조그마한 세 다리 교의(의자)에 펄썩 주저앉으면서 구둣발로 마룻바닥을 한 번 쿵쿵 구르고 나서

"당신들, 의사 보러 왔소? 좀 더 기다리시오. 아, 당신은 어떡하다가 팔을 다쳤소? 무슨 일 하오? 소차(小車) 끄오? 인력거 끄오?"

하고 이 사람 저 사람들을 번갈아 보면서 대답은 쓸 데가 없다는 듯이 주절주절 지껄이고 있었다.

한참 다시 침묵이 계속되었다. 그래 이 표정 없는 여러 눈들이 신사의 몸을 떠나 다시 천장으로 향하려 하는 때에 신사가 다시 버룩버룩하면서 말을 꺼냈다.

"세상은 괴롭지요? 죄 때문이외다! 아담 이와(이브 또는 하와)가 한번 죄를 지은 후로 그 죄가 세상에 관영(貫盈)해서(가득 차서) 세상이 이렇게 괴롭게 되었습니다."

하고는 가장 동정이나 구하는 듯이 군중을 한 번 죽 둘러보았다. 군중의 얼굴들에는 일종 "무슨 소린지는 잘 모르겠다" 하는, 그러면서도 약간의 호기심에 끌린 표정이 역력히 드러났다. 아찡이도 무시무시한 호기심에 끌리어 귀를 기울였다. 잠깐 동안 아픈 것을 잊어버렸다.

"당신들은 기도해 본 적이 있소?"

하고 신사는 일동에게 물었다.

아무도 대답하는 이는 없었다. 모두 신사의 얼굴만 열심으로 바라다보았다. 신사는 잠깐 말을 멈추었다가 "대답은 쓸데없소이다" 하는 듯이

"기도함으로써 죄 사함을 얻습니다. 요한복음 3장 16절에 말하기를 '하느님이 세상을 이처럼 사랑하사 독생자를 주셨으니 누구든지 그를 믿으면 멸망하지 않고 영생을 얻으리라' 했습니다. 하느님의 독생자 예수 그리스도가 우리 죄 짐을 지시고 골고다 십자가에 못박혀 죽으셔서 그 피로 우리 죄를 속했습니다. 그래서 누구든지 예수를 믿으면 세상에서는 이렇게 괴로워도 죽어서 천당에 가서 금 거문고를 뜯고 천군 천사와 하느님을 노래하면서 생명수 가에 생명과를 먹으며 살아간답니다."
하고 절반이나 연설체로 흥분해서 한참 내려 엮고서는 다시 한번 일동을 둘러보고는 벌떡 일어서면 마치 기도하는 태도로 눈을 하늘을 향해 올려 뜨고

"오! 사랑하시는 하느님이여, 이 불쌍한 백성들을 굽어살피사 당신의 거룩한 성신의 불로 그들의 죄를 태워 버리고 그들의 마음을 감동시키사 하느님을 믿게 하시오며 풍성하신 은혜를 베푸소서."
하고는 다시 눈을 내려 뜨면서

"여러분, 오늘부터 예수 품 안에 들어오시오. 예수 말씀하시기를 '내 멍에는 가볍고 쉬우니라' 하셨습니다. 이 세상 괴로움을 모두 잊고 예수만 진실히 믿었다가 이 다음 죽은 후에 천당에 가서 무궁한 복락을 같이 누립시다."
하고 긴 설교를 끝낸 후 일동을 다시 한번 죽 둘러보고 천천히 문 밖으로 나가 버렸다.

소눈깔같이 우둔한 눈으로 흥분한 신사의 머릿짓 손짓을 열심으로 바라다보던 눈들은 다시 일제히 어딘가 보이지 않는 곳을 물끄러미 바라

다보면서 각기 입으로부터는 약속했던 듯이 한숨을 내쉬었다.

아찡은 천당에 대해 생각하지만 이해가 가지 않는다

아찡이는 열심으로 그 신사의 말을 들었다. 그러나 그는 그것이 모두 무슨 말인지 알아들을 수가 없었다. 무슨 '죽은 후에 금 거문고를 타고 잘 산다'는 말을 알아듣고 '그렇게 되었으면 오죽이나 좋으랴' 하고 속으로 부러워도 했다. 그러나 지금 세상이 무슨 아담 이와 죄 때문에 괴롭게 되었다는 소리는 무슨 소린지 모를 소리라 했다. 그럼 인력거꾼은 모두 아담 이와 죄의 형벌을 받거니와 자동차 탄 양고자(서양 사람)나 이따금 제가 태워다 주는 비단옷 입은 새악시들은 어째 아담 이와 죄 형벌을 아니 받을까 하고 그는 생각했다. 우리 같은 인력거꾼은 이렇게 늘 괴로워도 그 비단옷 입고 금반지 끼고 인력거나 마차나 자동차만 타고 다니는 그 사람들은 세상에 조금도 고생이라는 것이 없는 것같이 보였다. 그리고 그 신사가 '하느님의 성신의 불로 그들의 죄를 태워 버리고……' 운운할 적에는 그는 속으로 '하느님이 있거든 한 끼 먹을 밥 한 그릇 듬뿍이 주고 이 몸 아픈 것이나 낫게 해 주소.' 하고 원했다.

신사가 나간 후에도 아찡이는 한참이나 그 신사가 한 말을 알아들은 대로는 되풀이해 보았다.

"세상에서는 괴롭게 지내다가 일후 죽은 후에 천당에 가서 금 거문고를 타고……."

죽은 후에 금 거문고를 타려면 왜 살아서는 고생을 해야 되는가? 죽어서 천군 천사와 노래하려면 왜 살아서는 만날 뚱뚱한 사람을 태우고 땀을 흘려야 하며 발길에 차여야 하고 순사 몽둥이로 얻어맞아야만 하는가? 죽은 다음에 생명수 가 있는 생명과를 배부르게 먹으려면 왜 살았을 적에는 남 다 먹는 아침 죽 한 그릇도 못 얻어먹고 쏘빙으로 요기하여야 하는가? 그것을 아찡이는 깨달을 수가 없는 것이었다. 그 신사가 말한 바 소위 그 천당이라는 데는 그러면 우리 같은 인력거꾼이나 몰려가는 데인가? 그러면 양고자들과 양복 입은 젊은 사람들과 순사들은 죽은 후에 어떤 곳으로 가는가? 그들도 그 천당으로 가는가? 만일 그들도 천당에를 가면 그들은 이 세상에서 고생도 아니했으니 불공평하지 않은가? 옳다, 만일 천당이라는 데가 있다면 거기서는 필시 우리 이 세상 인력거꾼들은 아까 그 사람이 말한 모양으로 금 거문고 타고 생명과 배불리 먹고 놀고 이 세상에서 인력거 타던 사람들은 모두 인력거꾼이 되어서 누더기를 입고 주리고 떨면서 인력거를 끌고 와서 우리를 태워 주게 되나 보다! 그러나 그러면 나도 한번 그들을 “에잇끼놈” 하면서 발길로 차고 동전 세 닢 던져 주고 예수 만나보러 대문으로 들어가게 될 것이다. 정말 그런가 하고 그는 혼자 흥분하여졌다. 그래 그 신사가 아직 있으면 천당에도 인력거꾼이 있느냐고 물어보고 싶었다. 만일 그렇다고 하면 그는 이제라도 어서 죽을 것이었다. 그래 그 좋은 천당으로 한시바삐 갔을 것이다. 그는 호기심에 끌려서 미닫이 칸 막은 안방에서 무슨 책인지 웅얼웅얼하면서 읽고 있는 방지기에게 말을 건넸다.

“여보, 영감. 영감두 예수 믿소?”

웅얼하는 소리가 뚝 끊치고 한참이나 가만히 있더니

"네. 왜 그러우?"

하는 대답이 나왔다.

"천당에두 인력거꾼이 있다구 그럽디까?"

"인력거꾼. 천당에 인력거꾼 있으면 천당이랄 게 무어요. 없어요."

눈만 멀뚱멀뚱하고 있던 다른 사람들도 빙그레 웃었다. 피가 뚝뚝 듣는 부러진 팔을 들고 앉았는 영감만이 아무것도 귀찮다는 듯이 그냥 물끄러미 팔을 들여다보고 앉아 있었다.

아찡이는 낙망했다. 천당에는 인력거꾼이 없다. 그러면 역시 고생하는 놈은 우리들뿐이다. 돈 많은 사람은 세상에서나 천당에서나 즐거운 것뿐이다.

그는 그런 천당에는 가기가 싫었다. 천당에 가서도 낮은 데 사람이 위에 가고 위엣 사람이 아래로 가지지 않는다고 할 것 같으면 그런 데까지 일부러 다리 아프게 찾아갈 필요는 없는 것이었다. 차라리 괴롭더라도 이 세상에서나 쏘빙이나마 잔뜩 먹고 몸이나 성해서 석 달에 한 번씩 20전짜리 갈보네 집에나 가면 그것이 더 행복이다 하고 그는 생각했다.

병원을 나온 아찡은 점쟁이에게서 예언을 듣는다

몸이 퍽 가뜬해진 것같이 생각이 되어서 아찡이는 오지도 않는 의사를 기다리지 아니하겠다구 그만 밖으로 나와 버렸다. 그러나 그가 분주스런 거리로 이 사람 저 사람 피하면서 걸어 나갈 때 홀로 큰 고독을 깨달았다. 아찡은 제가 갑자기 이 세상 밖에 난 것같이 생각이 되어서 슬펐다. 지나가는 사람, 지나오는 사람이 모두 희미하게 멀리 딴 세상에 사는 사람들 같고, 저는 지구 밖에 어떤 곳에 홀로 서서 이 사람 떼를 바라다보는 것 같았다. 그는 이것이 흉조라구 생각하여 몸을 떨었다.

그는 정신없이 다리가 움직여지는 대로 자기 집 있는 쪽으로 자연 가게 되었다. 영대마로 어구에 내버린 인력거는 기억에 나오지도 않았다. 그것을 잃어버리면 제 몸이 어떤 비참한 결과를 거둘 것도 인식되지 않았다. 저도 무슨 일을 하는지 모르게 짚신짝으로 걸어오다가 건재약국(조제하지 않은 원료 그대로의 약재를 파는 곳)에 들어가서 감초가루 약을 동전 두 푼어치 사 들고 그냥 걸어갔다.

아찡이 얼마나 걸었던지 제 집 동구밖에까지 왔을 때 동구밖에 울긋불긋한 기를 늘인 책상 뒤에 앉아 있는 안경 쓴 점쟁이를 보았다. 아찡은 그의 본능적이었던 공포가 그를 자연히 그 점쟁이에게로 제 몸을 끌고 가는 것을 깨달았다.

전대에서 20전짜리 은전 한 닢을 꺼내 점쟁이 앞에 던지고 우두머니 서 있었다. 점쟁이는 누런 안경 속으로 그 큰 두 눈을 휘번덕거리면서 아찡을 훑어보더니, 조그마한 상자 속에 손을 넣어 돌돌 만 종이 한 장을 꺼내 펼쳐 읽어 보고서는 책상 밑에서 커다란 장지책 한 권을 꺼내 세 치나 자란 시커먼 엄지손톱으로 장장을 들치면서 어떤 곳을 찾아 들여다보더니 책을 덮어 놓고서, 책상 위 유리판에 먹붓으로 글자를 넉 자를 써서 아찡 앞에 쑥 내밀었다. 그 글자는 '天玄李紅(천현이홍)'이었다.

그러나 아찡이 그 한문 글자를 알아볼 리가 없었다. 그래 그는 고개를 흔들었다. 점쟁이는 가장 점잔을 빼면서 판화 비슷한 영파 말로 점 해석을 시작했다. 이러쿵저러쿵 중언부언하는 해석을 다 모아 놓으면 이러했다.

"아찡이는 지금 큰 액에 들었다. 지금 이 액을 넘기면 큰 낙이 돌아오리라."

아찡이는 정신없이 제 방 안에 고꾸라졌다. 점까지 큰 액이 닥쳤다고 나왔다. 아아, 그러면 무슨 큰일이 생기나 보다 하고 그는 몸을 떨었다.

집에 돌아온 아찡은 고생스러웠던 과거를 떠올린다

몸이 다시 으슥으슥하고 메스꺼움이 나기 시작했으나 먹은 것이 없어서 게우지는 않았다. 아찡이의 눈앞에는 그의 전 생애가 한 번 죽 나타났다. 어려서 촌에서 남의 집 심부름하던 것으로부터, 뒷집 닭 채다 먹고 들켜서 석 달을 매 맞으며 징역하고는 상해로 와서, 공장에 들어갔다가 8년 전에 인력거를 끌기 시작했다.

8년 동안 인력거 끌던 생각이 났다. 애스톨하우스 호텔에서 어떤 서양 신사를 태우고 5리나 되는 올림픽 극장까지 가서 동전 열 닢 받고 억울한 김에 동전 두 닢만 더 달라고 조르다가 발길로 차이고 순사에게 얻어맞던 생각이 났다. 또 언젠가는 한 번 밤이 새로 두 시나 되어서 대동여사(大東旅舍)에서 술이 잔득 취해 나오는 꺼울리(高麗人, 고려인. 한국인) 신사 세 사람을 다른 두 동무와 같이 태우고 법계(프랑스 조계. 중국의 프랑스인 거주지) 보강리까지 10리나 되는 길을 가서 셋이 도합 10전 은화 한 닢을 받고 어처구니없어서 더 내라고 야료(까닭 없이 트집을 잡고 함부로 떠들어 댐) 치다가, 그들은 이들한테 단장(짧은 지팡이)으로 죽도록 얻어맞고 머리가 깨어져서 급한 김에 인력거도 내버리고 도망질쳐 나오던 광경이 다시 생각이 났다. 그러고는 또다시 한 번 손님을 태우고 정안사로(靜安寺路) 로 가다가 소리도 없이 뒤로 오는 자동차에 떠밀려서 인력거 부수고, 다 리 부러진 끝에 자동차 운전수 발길에 차이고 인도인 순사 몽둥이에 매 맞던 것도 생각이 났다.

길다면 길고 멀다면 먼 8년 동안의 인력거꾼 생활! 작은 일, 큰 일, 눈물 난 일. 한숨 쉰 일들이 하나씩 하나씩 다시 연상이 되어서 그는 엉엉 울었다. 그러다가 그는 갑자기 목이 갈한 것을 느끼면서 몸을 일으키려 하다가 온몸이 쥐 일어서는 것을 감하여 "꿍" 소리를 치고 도로 엎어지 고서는 다시 아무것도 의식하지 못하게 되고 말았다.

의사와 순사가 아찡의 죽음을 확인한다

종일 인력거를 끌고 새벽에야 집에 돌아와서 아찡의 시체를 발견하고 공무국에 보고한 뚱뚱이를 따라 공무국에서 순사와 의사가 검시를 하러 이 더러운 방 안으로 들어왔다.

의사는 방 안에서 검시하고 영국의 순사부장은 중국인 순사 보호 통역을 세우고 뚱뚱이에게 여러 가지를 물어서 조그만 수첩에 적어 넣었다.

"아찡이가 언제부터 인력거를 끌었어?"

"글쎄, 그도 똑똑히는 모릅니다. 이 집에 같이 있기는 바로 3년 전부터입니다. 그때 제가 인력거를 처음 끌기 시작하면서 같이 있게 되었어요."

"그래, 모른단 말이야?"

"네, 네. 아찡이 제 말로는 이 노릇한 지가 금년까지 8년째라구 그러구 합디다요, 나리!"

순사부장은 알았다는 듯이 고개를 끄덕끄덕하더니 안에서 검시하고 나오는 의사를 향하여 웃으면서 영어로 이렇게 말했다.

"무엇 저 죽을 때 되어서 죽었소이다. 8년 동안 인력거를 끌었다는데요. 남보다 한 1년 일찍 죽은 셈이지만 지난번 공부국(公部國) 조사(調査)에 보면 인력거 끄는 지 9년 만에 모두 죽지 않습니까?"

의사는 고개를 끄떡끄떡하면서

"8년으로 10년까지. 매일 과도한 달음질 때문에……."

×　×　×

공무국에서 온 일꾼들이 아찡의 시체를 거적에 담아 실어 간 후 뚱뚱이는 한참이나 멀거니 앉아 있다가 벌떡 일어나서 밖으로 나갔다.

그날 오후 두 시에 사람들은 그 뚱뚱이가 역시 아무 일도 없다는 듯이 인력거에 손님을 태우고 에드워드로로 기운차게 나가는 것을 볼 수가 있었다. 물론 그가 아까 순사부장과 의사와의 회화(영어로 하기 때문에)를 알아들을 수 없어서 그에게는 다행이었다. 5년이나 6년 후에 아찡의 뒤를 따르게 될 것을 모르므로 뚱뚱이는 흐르는 땀을 씻으면서 껑충껑충 아스팔트 매끈한 길을 홀로 달아나는 것이었다……. 마치도 한 백 년 더 살 것같이…….

　1920년대 초 중국 상하이, 고단한 인력거꾼인 주인공 아찡은 제대로
된 아침식사도 못 하고 싸구려 음식으로 끼니를 때운 뒤, 인력거꾼들이
모여드는 기차역 앞에서 서서 손님 쟁탈전을 벌인다. 인력거꾼들은 손
님이 결정되어도 요금 흥정하기에 바쁘다. 가끔 두툼한 팁까지 받는 재
수 좋은 날도 있다. 아찡은 그 전날 밤에 불길한 꿈을 꾸어서인지 정오
무렵에 손님이 부르는 소리를 듣고 급히 달려 나가다 펄떡 나자빠져 버
렸다.

　그는 인력거를 버리고 비틀거리며 정신없이 무료 병원을 찾았다. 그
러나 의사는 오후 2시에나 온다고 한다. 아찡은 여러 다른 환자들과 함
께 속절없이 무작정 기다릴 수밖에 없다.

　문이 열리면서 양복을 입고 금테 안경을 쓴 뚱뚱한 신사가 들어왔다.
아찡은 그를 의사로 착각하고 벌떡 일어났으나 그는 의사가 아니었다.
젊은 신사는 의사만을 눈 빠지게 기다리는 환자들에게 예수를 믿어야
죽은 후에 천당에 가서 무궁한 복락을 누린다고 큰 소리로 설교한다.

아찡은 죽은 후에 잘 살면 무엇 하나. 지금 당장이 고통스럽고 어려운데 지금이 병이나 낫게 해 줬으면 좋겠다고 생각한다.

아찡은 무료 병원의 의사를 기다리다가 지쳐서 포기하고 집으로 돌아온다. 오는 길에 점쟁이한테 점을 쳐 봤으나 불길한 소리만 듣는다. 아찡은 누추한 하숙집에 겨우 돌아와 고생만 해온 자신의 삶을 돌이켜 생각하다가 쓰러져 숨을 거둔다.

밤새 일하고 새벽에 돌아온 같이 사는 뚱뚱이가 아찡의 시신을 발견된다. 신고를 받고 온 영국인 순사부장과 의사는 뚱뚱이에게 몇 가지 묻고는 사인에 관한 결론을 내린다. 매일 과도한 달음질 때문에 인력거꾼들은 8년에서 10년 정도 일하면 죽는다는 것이다.

뚱뚱이는 다시 인력거에 손님을 태우고 기운차게 이리저리 달린다. 그러나 그도 5년이나 6년 후면 아찡처럼 상하이 길거리에서 과로와 영양실조로 쓰러져 죽을 것이다.

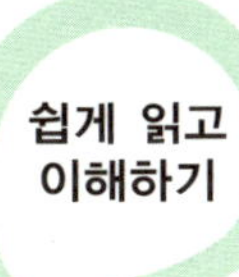

「인력거꾼」은 1920년대 근대 중국의 국제도시 상하이를 배경으로 하여 인력거꾼으로 대변되는 중국 서민들의 고되고 척박한 생활을 사실적으로 보여 주는 소설이다. 약육강식의 살벌한 자본주의 사회에서는 지금은 고생스러워도 죽은 다음에 낙원에서 행복을 누릴 수 있다는 종교(기독교)의 가르침도 허무할 뿐이다. 이런 사회에서 하루 벌어 하루를 살아가는 인력거꾼들은 죽음을 향해 날마다 줄달음치고, 죽은 인력거꾼을 검시하러 나온 영국인 순사부장과 의사는 인력거꾼들은 9년 정도 일하면 죽는다는 정부의 조사 결과를 무심하게 이야기한다. 한 인력거꾼이 과로에 지쳐 맞이할 수밖에 없는 죽음을 통해 작가는 당대의 극심한 빈부 격차의 문제를 적절하게 그리고 있다.

나무 베는 데 한 시간이 주어진다면, 도끼를 가는 데 45분을 쓰겠다.

― 에이브러햄 링컨(Abraham Lincoln, 1809~1865, 미국의 대통령)

개밥

주요섭이 미국 스탠퍼드 대학교 대학원 교육학과
의 입학 허가서를 받아 미국으로 떠나기 전, 흥사
단의 수양동우회 잡지『동광』제9호(1927년 1월 1일)
에 발표한 단편소설이다. 일제강점기 하층민의 비
참한 현실을 사실주의적 관점에서 그려낸, 신경향
파 문학의 대표작이다.

주는 대로 먹는 개는 물론 단성이가 지금 어두운 방에서
흰밥 고깃국을 꿈꾸고 기다리고 있는 줄을 알 리는 없었다.
또 안다고 한들 그를 위해 밥을 남길 자선심도 없을 것이다.

등장인물

어멈　　주인집 부엌 살림을 해 주는 식모. 주인집에서 기르는 서양 사냥개가 흰 밥
과 고깃국을 마다하자 그것을 어린 딸 단성이에게 가져다 준다.

단성　　어멈의 세 살 된 딸. 가난 때문에 제대로 먹지 못해 영양실조에 걸린다.

아범　　어멈의 남편. 두부 가게에서 실직한 뒤, 일본으로 돈 벌러 떠난다.

주인 나리　어멈이 일하는 집의 주인. 일본인 사냥꾼에게 서양 사냥개 새끼를 얻어 와
기르고 있다.

주인 아씨　어멈이 일하는 집의 여주인. 식모인 어멈에게 딱히 매정하지는 않으나 배
려하지도 않는다.

개밥

주인집 개가 흰밥과 고깃국을 먹지 않는다

주인 나리가 바둑이라는 서양 사냥개 새끼를 얻어 오기는 벌써 석 달 전 일이었다. 어떤 일본 사람 사냥꾼의 집에서 얻어 온 것인데 처음에는 우유 외에는 아무것도 먹지 않으므로 아씨의 속도 무던히 태우고 나리의 수갑(지갑)도 무던히 비게 만들었다. 첫 한 주일 동안은 나리의 극진으로 우유를 사다 먹였으나 백만장자가 아닌 형세로 개에게 우유만 먹이기는 너무 심하였다. 그래서 우유를 그만두고 밥을 먹여 보기로 했으나 처음 며칠은 먹지 않았다. 그러나 주인 나리와 아씨의 용단으로 우유는 다시 먹이지 않기로 하고 서양 개에게 그냥 밥은 아무래도 좀 뻑뻑한즉 흰밥에다 고깃국물을 두어서 맛있게 대접하기로 결정이 되었다.

어멈은 이 주인 내외의 하는 것이 모두 미친 짓같이 보였으나 물론 말 참견할 때가 아니라 입을 꾹 다물고 있었다. 우유가 얼마나 좋은 것인지를 똑똑히 모르는 어멈에게는 강아지에게 우유를 먹일 때보다도 흰밥에 고깃국을 먹이는 것을 더 못할 짓으로 생각이 되었다.

'사람도 흰밥을 못 먹는데 원 개에게 흰밥 고깃국이라니.'

하고 어멈은 부엌에서 아침마다 개밥을 준비하면서 속으로 혼자 생각하곤 했다.

처음 이틀은 개가 그 흰밥 고깃국을 다치지도(건드리지도) 않았다. 하나 서양 개도 배가 고픈 후에는 별수가 없던지 사흘 되는 날부터는 조금씩 짤락짤락 핥아 먹기를 시작했다.

처음 얼마 동안 개가 흰밥 고깃국을 잘 먹지 않는 동안에 어멈은 한편으로는 불평이면서도 한편으로는 슬근히 좋은 일이었다. 그것은 주인 아씨가 개 앞에 한번 놓았던 밥은 내다버리라고 어멈에게 명령하는 까닭이었다.

어멈은 그 흰밥 고깃국을 내버릴 수는 없었다. 그에게는 세 살 나는 귀여운 딸이 있었다. 행랑방 어둡고 더러운 방구석에서 혼자 적적히 울고 웃고 중얼거리고 잠자고 꿈꾸는 이쁜 딸 단성이 있었다. 첫날 개가 다치지도 않은 개밥을 들고 행랑으로 나와 어멈은 그 밥을 단성이에게 주었다. 단성이는 세상에 난 이후로 흰밥 고깃국이 처음이었다.

개가 남긴 밥을 딸 단성이가 맛있게 먹는다

오죽이나 맛나게 그가 그 밥 한 그릇을 다 먹었스랴! 더욱이 과한 노동으로 말미암아 어미 젖에서 젖이 잘 나지 않으므로 젖도 변변히 못 얻어

먹고 자라난 단성이에게는 이 흰밥 고깃국 한 그릇이 그동안 쌓였던 영양불량을 한꺼번에 모두 회복시킬 수 있을 것같이 맛나고 좋은 물건이었다. 그렇게도 맛나게 그릇 밑까지 핥는 단성이의 조그만 모양을 볼 때 어멈은 눈물이 나도록 기뻤다.

그 후에도 며칠 동안 개가 밥을 조금만 먹고는 늘 남기는 고로(개가 처음이 되어서 맛을 못 들여 많이 아니 먹는 이유도 있지만 개밥 얻어먹는 재미에 어멈이 일부러 밥을 많이 담아다 주는 까닭도 있었다. 주인 아씨가 무어라 말을 하는 것도 아니건마는 어멈은 그의 마음속을 아씨가 알까 싶어서 개밥을 많이 담을 때마다 주인 아씨가 옆에 있으면 변명 삼아서 "잘 먹지두 않는 거 많이나 담아다 주어야 그래두 좀 먹는다우" 하고 중얼거리곤 했다.) 어멈은 매일 흰밥 고깃국을 얻어서 단성이도 먹이고 저도 그 짭잘하고 단 국물과 입안에서 녹아 스러지는 듯한 매끈매끈한 쌀밥 한두 술을 얻어먹을 수가 있었다.

한번은 좀 너무 많이 담았던 개밥을 바가지에 쏟아 들고 행랑으로 나가자 일본 사람의 집에 가서 두부 팔아 주고 월급 5원씩 받는 단성이 아범이 마침 집에 들렀으므로 그것도 오래간만이라고 그것을 바가지째 먹으라고 주었었다. 아범은 시장하던 끝이라, 단성이가 입에 손가락을 물고 그의 입과 손만 쳐다보고 앉았는 것도 깨닫지 못하고 훌훌 모두 들여마시었다.

"안에서 오늘 누기 생일날이요."
하고 아범이 개밥을 먹으면서 물어보았다. 어멈은 남편이 방금 맛있게 먹는 밥을 개 먹다 남은 것이라구 하기 어려워서

"생일날은! 꼭 생일날만 고깃국 끓여 먹습디까? 그저 끓이게 돼서 끓였지!"

하고 우물쭈물해 버리었다.

이때까지 아버지만 쳐다보던 단성이는 아버지가 내려놓는 빈 바가지를 보고 그 바가지를 끌어안고 "으아" 하고 울며 쓰러졌다. 어멈이 점심에 또 얻어다 주기로 약속하고 겨우 달래어 놓았다. 아버지는.

"그런 줄 알았다면 내가 고만 안 먹는걸. 난 그 오깜상(주인의 아내, 여주인)이 쳉겔통(청결통, 쓰레기통)에 내치는 이밥 부스러기나 이따금 배부르게 얻어먹는 것을!"

하고 단성이 몫을 공연히 먹어서 불쌍한 딸년 울린 것을 후회하면서 월급 받으면 댕구알사탕(눈깔사탕. 크고 둥근 사탕)을 사다 주기로 약속하고 일어서 나갔다.

개가 밥을 잘 먹자 단성이는 쌀밥을 못 먹게 된다

그러나 개도 먹지 않고는 못 사는 법이다. 두 주일 못 되어 개는 그 흰밥 고깃국을 있는 대로 홀딱 먹어 없애게 되었다. 더욱이 자라나는 개라 매일 식량이 늘어서 무섭게도 밥을 많이 먹어 냈다. 그래서 이제는 어멈이 아무리 밥을 많이 주어도 개가 먹다가 남기는 법이 없었다. 주는 대로 먹는 개는 물론 단성이가 지금 어두운 방에서 흰밥 고깃국을 꿈꾸고 기다리고 있는 줄을 알 리는 없었다. 또 안다고 한들 그를 위해 밥을 남길 자선심도 없을 것이다.

　지금 매끼 어멈은 단성이를 낙망시키었다. 어멈은 언제나 단성이에게 했던 약속을 지키지 못하게 되었다. 팔자 없는 입에 뚱딴지 버릇을 배워서 큰 야단이 났다. 하루는 단성이의 성화를 더 받을 수도 없고 또 그 애원을 저버릴 수도 없고 해서 개밥은 내다가 단성이를 먹이고 저희가 먹으려고 지었던 조밥을 슬그머니 개를 주었더니 개는 킁킁 두어 번 맡아 보고는 뒤도 아니 돌아보고 부엌으로 들어가서 끙끙 앓으며 돌아갔다. 주인 아씨는

　"이놈의 개가 오늘은 게걸을 들렸나, 원 사나흘 못 먹은 개처럼 구네!" 하고 쫑알거리었다.

　서루질(설거지)을 하면서 어멈은 아씨가 혹 어멈의 비밀, 어멈의 죄를 발견할까 보아서 속이 얼마나 죄었는지 모른다. 아무도 없다면 그 밉살스럽게 끙끙거리며 온 부엌 안을 헤매는 개새끼를 도마 위에 놓인 식도로 쿡 찔러 죽어 버렸으면 좋을 생각이 났으나 꾹 참지 않을 수 없었다. 어찌도 속이 죄이고 또 이유는 어멈 자신도 잘 분해하지 못하나 원통하고 분한지 속이 클클하고 안타까워서 씻고 있는 사발이라도 한 개 내동댕이를 치고 몸부림을 하고 싶었으나 그럴 처지가 아니라. 죄를 숨기는 듯, 용서를 비는 듯한 눈으로 아씨를 힐끗힐끗 쳐다보면서 나오지도 않는 웃음을 억지로 만들어 웃어 보이었다.

　서루질을 겨우 마치고 즉시 어멈은 행랑으로 뛰쳐나왔다. 나와서는 잡담 제지하고 문턱에 앉아 오줌을 내싸고 잇는 단성이를 머리채를 휘어잡아 끌고 들어가서 엉덩이가 깨어져라 하고 몇 번 몹시 갈리었다.

“이, 썅, 썩어 대나갈 년이 에미나이! 그 팔자에 이밥(흰밥)은 무슨 이밥을 먹겠다구……”

어멈은 단성이를 탁 밀치어 내버리었다. 단성이는 아랫간으로 굴러가 떨어지면서 벼락 치듯이 악을 써 울었다. 어멈은 씩씩거리며 앉아서 대롱대롱 구르며 섧고 아프게 우는 단성이를 바라다보았다. 눈물이 흘러내려 얼러지를 되는대로 짓는 햇빛 못 보아 시든 얼굴, 뼈만 남게 여윈 손발, 가을이 깊었건만 아직 홑옷을 감고 있는 조그만 몸뚱어리 ― ‘저것이 내 것인가 ―’ 하고 생각하며 어멈은 말할 수 없이 섧고 애처롭고 후회가 났다. 더욱이 그의 엉엉 울음소리는 어멈의 오축간장을 모두 녹여 내는 듯하였다.

“이 쌍놈의 에미나이! 상게두(아직도) 소리 내 울갔네? 방칫맛(방망이 맛) 좀 보구야 말간! 상게 뚝 못 끊치갔네!?……”

울음소리는 뚝 그치었다. 난 때부터 절대 복종으로 버릇된 관능(생물이 살아가는 데 필요한 모든 기관의 기능)은 위핵(위협) 한마디면 좌우하기에 힘이 없는 것이었다. 울음소리는 멎었으나 단성이가 울기를 끊친 것은 아니었다. 들먹거리는 어깨, 코를 길게 들이마시는 소리, 이따금 숨을 한꺼번에 서너 번씩 들이쉬는 소리, 또 이따끔 참을 수 없이 잇사이로 새어 나오는 짧은 느낌 소리!

‘저것이 에미를 몹쓸 게 만나 맘대로 울지도 못하는가?’
하고 생각하니 어멈은 더 견딜 수가 없었다. 후회와 창피 그러면서도 어멈이 된 위엄을 보전하려는 구차스런 억제. 어멈은 단성을 물끄러미 바라다보았다. 그의 두런두런한 눈이 눈물로 채워졌다. 그는 억지로 울지 않으려 했으나 코가 찡해지면서 골치가 지끈 아팠다. 두 줄기 눈물이 여윈 뺨 위로 주루루 내리흘렀다. 더 참을 수가 없었다. 어멈은 미친개처럼 소리를 지르면서 단성이를 얼싸안고 딩굴었다.

"단성아! 단성아…… 에구, 내 딸아…… 네 어미가 몹쓸 년이다……. 자, 울지 말어, 엉……."

단성이는 더욱 소리를 내 울었다. 어멈도 슬피 울었다. 단성이의 따끈따끈한 뺨이 어멈 뺨에 와 닿을 때 그는 있는 힘을 다하여 단성이를 본능적으로 꽉 그러안았다. 새로운 눈물이 멎을 줄도 모르고 흘러내리었다.

실직한 단성이 아범은 돈을 벌러 일본으로 떠난다

그 후에 단성이는 일절 흰밥에 고깃국을 달라는 말을 한 번도 다시 입 밖에 내지 않았다.

바둑이를 데려온 지 한 달이 좀 넘은 때 단성이 아범은 업을 잃었다. 별로 잘못한 일도 없으나 영업을 축소한다는 이유로 밥자리를 떼었다. 그 후 두어 주일이나 다른 데 일자리를 구하느라고 번둥번둥 놀고 있다가 중촌조(中村組)에서 대판(일본 오사카)인가 어디로 노동자를 모집해 가는데 가는 노자는 거저 대 주고 가서는 하루에 2원씩이나 돈을 벌 수가 있다고 한다고 3년을 약속을 하고 동네 태손이 아범과 그 밖에도 여러 노동자와 함께 일본으로 갔다.

떠나면서 아범은 돈 벌어 가지고 3년 후에 단성이 입을 고운 양복(신시가에서 두부 팔러 다니면서 일본 아이들이 입은 것을 보고 어찌도 맘에 들던지 언제든지 돈이 좀 풍부히 생기면 꼭 하나 사다 입히기로 벼르고 있었으나 아직 실행을 못 했던 것이다)을 사다 주기로 약속을 했다. 어멈은 남편을 그렇게 멀고 생소한 곳으로 보내는 것이 좀 맘이 아니 놓이고 어째 무서운 생각이 들었으나 가서 3년 후에는 돌아올 것이고 돈 많이 — 얼마나 많이일는지는 모르나 하여간 많이 — 벌어 온다는 말에 귀가 버룩하고 더구나 동네 태손이 아범이랑 같이 가니까 별로 염려가 없으리라구 억지로 맘을 진정하였다.

"3년 세월이라니 잠깐이디, 머!"

하고 어멈은 3년 후에 돈 전대를 차고 돌아올 남편을 상상하고 혼자 한숨을 지었다.

개는 쑥쑥 커 가는데 단성이는 갈수록 쇠약해진다

바둑이는 그동안 벌써 꽤 컸다. 바로 제법 큰 개가 되어서 모를 사람이 오면 컹컹 짖는 소리도 차차 굵어지고 다달 색 털이 매끈매끈히 난 몸뚱어리는 살이 포둥포둥 찌고 기름이 반즈르르 흘렀다.

단성이는 일간 차차 몸이 더 쇠약해 갔다. 저고리를 벗으면 갈빗대가 아롱아롱하고 두 눈 아래는 영양불량으로 시꺼멓게 멍이 지었다. 따라서 식성은 더욱 고약해져서 아무런 것이 생기는 대로 주워 먹는 것이 습

관이 되었다.

바둑이는 매일 주인 나리가 안고 귀애하고 다루어서 아는 사람을 보면 무릎으로 부득부득 기어오르고 뺨과 손등을 핥고 하여 거리낌 없이 사람들의 친구가 되고 또 모두의 귀염을 받았다. 그리고 서양 개로 우유를 안 먹고 밥과 고깃국을 먹는다고 누구에게나 기특하다는 칭찬을 들었다.

그러나 단성이는 행랑방 아래 구겨 박혀서 (더욱이 추운 겨울이 되었으므로) 바깥 구경은 하지도 못하고 더욱이 사람을 보면 모두 무서운 듯이 어릿어릿하여 그 공허한 눈에는 공포와 의심뿐이 방황할 따름으로 주인집에 드나드는 손님들 중에도 하나도 이 단성이를 주의하는 이가 없고 또 그 초췌한 얼굴이나마 본 이가 몇 사람 되지 않았다.

그러는 동안에 개는 차차 더 크고 자유스럽게 되어서 그 커다란 귀를 벌룩거리면서 바깥 마당으로 뛰쳐나오는 때는 만일 그때 단성이가 거기 있다가는 고만 혼비백산하여 외마디 소리를 지르면서 황급히 방으로 뛰쳐 들어가곤 했다. 단성이에게는 그 커단 개가 한없이 무서웠다. 그 길죽한 입으로 단성이를 깨물어 삼킬 것 같았다. 그러나 바둑이는 단성이를 본 체도 아니하는 모양 같았다.

단성이가 병이 났는데 손쓸 방도가 없다

한 20일 전부터 단성이는 자리에 누웠다. 기침을 콜룽콜룽 하면서 열이 있는 것이 감기를 들린 것 같다고 하여 어멈은 며칠 내버려 두면 나으리라 하여 무관심하였다. 그들에 속한 백성들은 자연을 가장 좋은 의사로 믿는 것이 습관이었다. 그러나 단성이의 병은 그리 쉽게 나을 것이 아니었다. 자리에 누운 지 사흘이 못 되어 위중해졌다. 죽도 한 술 떠 넣지 않고 연해 기침을 기츠며 열이 났다. 어멈은 그제야 심상치 않을 줄 알고 놀라서 주인 아씨께 말하여 감기약 한 봉지를 얻어 맡기고 땀을 내면 낫는다고 하여 안집에 사정을 하고 나무를 좀 얻어다가 불을 많이 때고 온몸을 더러운 이불로 푹 덮어 주었다.

이튿날 아침 어멈은 단성이가 거의 죽게 된 것을 발견하고 몹시 놀랐다. 고뿔(감기)보다도 필경 무슨 다른 병이리라구 직각한 때 어멈의 온몸은 떨리고 혼은 흔들리었다.

어찌하랴! 그는 주인 아씨에게 그 사연을 아뢰었더니 의사를 청해다 보이라구 한다. 그는 주머니에 돈이 없음을 알면서도 황망히 가까운 병원으로 갔다.

의사는 왔다. 깨끗한 새 외투를 입고 가방을 든 의사가 그 더러운 방에 들어갈까 하고 어멈은 스스로 염려하고 부끄러워했으나 지금 그런 것을 꺼릴 때는 아니었다.

어멈은 의사의 얼굴만 바라다보았다. 사형 선고가 내리는가? 어멈의 눈은 의사의 입술에 풀로 붙인 것처럼 의사의 입만 바라다보았다.

"별로 염려는 마시오."

하는 말이 떨어질 때 어멈은 다시 산 것 같고 제 귀를 의심하게 되어서 재차 물었다. 의사는

"그런데 먹이는 것을 조심해 먹여야겠소. 헛던 것은 먹이지 말고 고깃 국물, 우유 같은 것이 좋고 밥은 이밥을 먹이고 병이 조금 낫거든 닭고 기도 좀 먹이구 달걀 같은 것을 먹이면 좋지요. 다른 병보다두 먹지 못 한 병이니깐……. 약은 별로 쓸 것이 없으나 원하면 좀 이따 애 시켜 보 내리다……. 그리구 문을 이렇게 꼭 닫쳐 두지 말고 신선한 공기를 좀 통하게 하오. 그래두 추워서는 안 될 테니 불을 많이 때고는 문을 잠깐 열어서 공기를 순환시키곤 해야 돼요……."
하고 의사는 갔다.

속에서 안 나오는 것은 부끄럼을 무릅쓰고 시재(지금) 돈이 없으니 일 후 안주인에게서 월급 4원을 타거든 올리마고 겨우 말해서 의사를 보내 놓고 돈도 없는데 약은 차라리 보내 주지 않았으면 좋겠다 하고 속으로 혼자 생각하였다. 어멈은 정신 잃은 년처럼 찬바람이 병자의 온몸을 스 치고 엄습하는 것도 잊어버리고 문턱에 주저앉은 채 의사가 가방을 끼 고 나가던 대문간만을 멀거니 바라다보고 앉아 있었다.

약도 얼마 먹였으나 효험이 없었다. 날로 글러져 가는 형세를 보아서 는 의사를 다만 한 번이고 더 청해다 보이고 싶었으나 지난번 왔을 때 인력거 삯도 못 주고 또 약 값도 못 준 것을 생각할 때에는 도저히 다시 그를 청할 용기가 없었다. 주인 아씨에게 월급을 한 달치 좀 꾸어 주는 셈 잡고 빌려 달라고 여쭈어 보았으나 나리가 월급을 받을 날이 아직 안 되어서 현금이 없다고 거절을 당하였다.

죽어가는 단성이는 흰 쌀밥에 고깃국을 먹고 싶어 한다

요새 며칠 단성이는 삶과 죽음의 경계선에서 방황하였다. 그런데 어젯밤 처음으로 단성이는 다 죽어가는 소리로

"오만, 나 이밥에 고깃국이나 주렴."

하고 두 달 동안이나 일절 입밖에 내지 않던 말을 하였다.

이튿날 아침에 어멈은 부끄럼을 무릅쓰고 그 사연을 주인 아씨에게 아뢰었으나 주인 아씨는

"아니, 미친 소리 하지도 마소. 한 달씩 앓던 애가 밥을 먹다니 체해 죽으라구……. 이것 내다 죽이나 쑤어 주소."

하고 흰 쌀을 한줌 집어 주었다. 어멈도 그럴듯이 생각되었다. 우선 흰죽이라도 쑤어 주면 조 미음보다 얼마나 맛이 있게 먹으랴 하고 생각하니 한없이 기쁘기도 하고 주인 아씨가 고맙기도 하였다. 죽을 할 수 있는 대로 좀 많게 하려고 물을 너무 많이 두어서 죽이 고만 미음이 되다시피 하였다. 단성이는 죽을 떠먹어 보고는 다시 더 아니 먹었다.

"이게이 이밥인가?"

하고 원망스러운 목소리로 한 마디 하고는 아무리 권하여도 영 흰죽을 먹지 않았다.

어멈의 맘속에는 지금 흰밥에 고깃국을 꼭 단성이 죽기 전에 한 번이라도 더 먹여 보구 싶은 맘이 간절하였다. 그러나 주머니에는 동전 한푼 없었다. 당(當) 내일(물건을 맡기고 돈을 빌릴) 감이라도 있나 휘둘러보았으나 의복가지나 있던 것을 단성이 아버지가 일본 갈 제 차비는 중촌조에

서 담당해 준다고 한들 객지에 가면서 그래 돈 한푼도 없이야 갈 수야 있겠는가고 해서 모조리 당을 잡혀 돈 5원을 만들어 주어 보내 놓고 남은 것이라고는 아무것도 없었다. 어멈은 방금 안집 마룻간에서 흰밥 고깃국을 실컷 먹고서 있을 바둑이를 그려 보았다.

"우리 단성이는 그래 개만도 못하단 말인가?"

"웨?"

단성이는 가쁜 듯이 숨을 자주 쉬었다.

"이팝이나 한 그릇…… 고깃국……."

어멈은 죽 그릇을 들고 벌떡 일어섰다. 안에 들어가서 고깃국물을 좀 얻어서 죽 속에 쳐다가 먹여 볼 생각이었다. 안에 들어서니 마침 주인 나리는 밖으로 나가고 아씨가 그를 먹다 남은 밥과 고깃국을 개밥 대야에 주루룩 들이 쏟는 때이었다. 아씨는 밥상을 들고 부엌으로 내려갔다. 어멈은 조심조심히 마루 옆으로 가서 개밥궁이(개밥그릇)를 넌지시 들여다보았다. 아직도 밥이 한 절반이나 들어 있었다.

"여기서라도 국물을 좀 얻어가야겠다."

하고 어멈은 생각하였다.

어멈은 고깃국을 두고 개와 싸운다

개밥궁이를 들어 국물을 좀 죽그릇에 쏟으려 하니 다 자란 개도 제 밥을 안 빼앗기겠다고 어멈을 향하여 달려들었다. 그 서슬에 어멈은 죽 그릇을 땅에 내리치어 요란한 소리를 내며 깨어졌다. 단성이 먹이려던 흰 죽이 겨울 아침 언 땅 위에 쏟아져서 땅을 하얗게 덮고 거기서 김이 문문 났다. 어멈은 개를 너무나 괘씸하다고 생각하였다.

"국 국물 조금 얻어 갈래는데. 이 쌍놈에 가이(개)."
하면서 그는 개밥궁이를 개를 향해 내갈리었다.

"이거 무얼 또 새벽부터 깨트리니?"
하는 주인 아씨의 쨍한 목소리가 부엌에서 들리어 오고 그의 찡긴 얼굴이 부엌문 앞에 나타났다.

밥궁이로 얻어맞은 개는 저도 지지 않겠다는 듯이 달려들어 어멈의 팔을 덥석 물었다. 어멈은 통분과 본능적 자위심과 복수심으로 온몸이 떨리었다. 그의 앞에는 세계도 없고 아무것도 없고 다못(다만) 개 한 마리가 있을 따름이었다. 어멈은 달려들어 개 허리를 두 다리 새에 끼고 언 땅 위에 딩굴었다. 그리고 그 억센 어금니로 개 몸뚱이를 되는대로 물어 뜯었다. 어멈의 물린 팔에서 피가 흐르고 개 몸뚱이에서도 이곳저곳 어멈에게 물린 곳에서 피가 흘렀다. 피투성이가 된 두 동물은 미친 듯이 서로 애쓰며 뜰 위에 딩굴었다.

주인 아씨는 이 갑작 광경에 어찌할 줄을 모르고 발을 동동 굴렀다. 여인들이 갑자기 이상한 일, 무서운 일을 당하면 아뜩해져서 어찌해야 할는지 모르고 선 자리에서 뱅글뱅글 도는 법이다. 아까운 개가 죽지나 않을까 하여 가서 뜯어말리고도 싶었으나 그러나 개한테 저도 물리거나 또는 의복에 피칠을 할까 겁이 나서 그러지는 못하고 두 팔을 벌리고 선 채

"어멈! 왜 미쳤나?"

하고 꽥꽥 소리만 질렀다.

사람에게 악이 난 후에는 못할 일이 없다. 시골 사람들이 밤에 산골에서 혼자서 악으로 범과 싸워 범을 물어뜯어 죽인다는 말은 늘 듣는 말이다. 어멈에게도 악이 나매(그 악은 40년 동안이나 그 큰 몸뚱어리 어느 구석엔가 박여 있으면서도 아직 한 번도 나올 때가 없었던 것이 오늘 이 위기에 있어서 그것은 그 모든 위력을 가지고 폭발된 것이다) 그 악은 개 한마리를 물어뜯어 죽이기에는 족하였다. 물론 어멈도 여기저기 여러 곳을 그 개에게 몹시 물리었다. 어멈 의복은 새빨갛게 피로 물들었다.

어멈이 개밥을 가지고 가 봤지만 단성이는 죽어 있다

개가 이미 맥이 없이 어멈 하는 대로 내버려 둔 것도 감각하지 못하던 어멈은 그냥 개를 물어뜯으면서 우연히 마당 귀편에 허옇게 얼어붙은 이밥에 고깃국을 보았다. 그에게는 단성이가 다시 생각이 되었다. 그는 미친 듯이 소리를 지르며 죽어 늘어진 개 시체를 내버리고 그곳으로 달려갔다. 피투성이가 된 손으로 그 개밥 얼어붙은 것을 얼마 긁어모아 쥐고 나는 듯이 행랑방으로 나왔다. 방문은 아까 열고 나간 채로 열려 있었다. 방 안은 바깥같이 싸늘하였다.

"단성아 — 자 — 이밥에 고깃국 가저왔다…… 애, 단성아! 단성아!"

하는 어멈의 말소리는 입으로 가득하여 잘 알아들을 수 없게 중얼거리었다.

단성이 입에서는 영 대답이 없었다. 그의 곱게 감은 눈은 영영 다시 뜨지 않기 위하여 마지막 감은 것이었다. 정신 나간 어멈은 달려들어

"애, 단성아, 아……."

하며 그를 끌어안고 뒹굴었다. 이때에야 행랑까지 쫓아 나온 아씨는 무서워서 방 안에 들어는 못 오고 문 밖에서 이 광경을 들여다보고 서 있었다.

"이게이, 이밥이가?"

하는 원망 섞인 목소리를 어멈은 또 들었다. 어멈은 단성을 흔들었다.

"애, 또 말해라, 엉!"

그러나 단성이는 대답이 없었다. 어멈은 그 소리가 문밖에서 나는 것을 들었다. 어멈은 문밖에 단성이가 깨끗한 흰 옷을 입고 서 있는 것을 보았다. 어멈은 단성이 시체를 내던지고 문밖으로 뛰어나갔다.

어멈은 피투성이가 된 치마를 내두르면서

"단성아! 단성아!"

를 부르며 큰 거리를 향하여 달음박질해 나아갔다.

개 피와 어멈의 피로 새빨개진 치마는 붉은 깃발처럼 어멈 머리 위로 겨울바람을 받아 펄럭거리었다.

주인 아씨는 황급히 안방으로 들어가서 경찰서에 전화를 걸었다. 지금 미치광이 할미 하나가 피로 새빨개진 붉은 적삼을 입고 미친 고함을 소리소리 지르면서 대로로 나갔으니 곧 체포하기를 부탁한다는 전화였

다. 그리고 다시 회사에 있는 남편에게는 어멈이 미쳐서 나갔으니 어디 다른 데 어멈을 하나 구해 보라는 전화를 하고 끊었다가 조금 후에 다시 어멈이 바둑이를 물어뜯어 죽이고 미쳐 나갔다고 전화하였다.

　주인공인 '어멈'은 남의 집 살림을 해 주며 주인집 행랑방에 얹혀 살고 있는 식모이다. 어느 날 주인 나리가 일본인 사냥꾼에게서 서양 사냥개 새끼를 한 마리를 데려와 기르기 시작하였다. '바둑이'라는 이 개는 우유 이외에는 아무것도 먹으려 들지 않았다. 그래서 주인은 그 값비싼 우유를 7일 동안이나 사서 먹였다. 그러나 주인 아씨는 경비를 줄이기 위해 당시 아무나 먹을 수 없었던 흰 쌀밥에 고깃국물을 섞어 먹이기로 하였다. 어멈은 개에게 흰밥과 고깃국을 먹이다니 말도 말도 안 된다고 생각했으나 주인에게 불평을 늘어놓을 수는 없었다.

　처음에 사냥개 새끼는 흰밥과 고깃국에 입도 대지 않았다. 주인 아씨가 개에게 주었던 흰밥과 고깃국을 버리라 해서 오히려 어멈은 좋았다. 그것을 버리지 않고 어린 딸 단성이에게 가져다 줄 수 있었기 때문이다. 단성이는 생전 처음 먹는 흰밥과 고깃국을 아주 맛있게 먹었다.

　그러나 개도 결국 흰밥 고깃국에 입을 대기 시작하더니 남기지 않고 다 먹어 치우게 되었다. 어멈은 더 이상 개밥을 얻을 수 없게 된 것이다.

단성이가 흰밥에 고깃국을 달라고 계속 졸랐지만 어멈은 딸에게 모진 말을 할 수밖에 없었다.

두부 가게 일자리를 잃은 단성이 아범이 일본에서 노동자를 모집한다는 얘기를 듣고 3년간 돈을 벌어서 돌아오겠다고 하자, 어멈은 있는 돈을 털어서 여비를 마련해서 남편을 일본으로 보냈다.

개는 점점 자라났다. 덩치도 커져서 단성이를 깨물어 삼킬 것 같은 무서운 개로 성장했다. 단성이가 만성 영양실조 등으로 거의 죽게 되니 어멈은 주인 아씨에게 부탁하여 의사를 불러 진찰을 받았다. 의사는 어멈에게 먹지 못해서 생긴 병이라며 고깃국물, 우유, 쌀밥, 닭고기, 달걀 같은 것을 먹이라고 했다. 어멈은 없는 돈에 약까지 지어 먹였으나 의사가 말한 영양가 있는 음식을 먹일 수 없으니 소용이 없었다.

이제 단성이는 삶과 죽음 사이를 왔다 갔다 할 정도로 병세가 악화되었다. 단성이는 '이밥에 고깃국'을 달라고 계속 졸라 댔다. 어멈은 할 수 없이 개에게 주는 고깃국물이라도 좀 얻어 가려고 했으나 개가 으르렁거리며 거부하였다. 이렇게 해서 악에 받친 어멈과 사냥개가 격투를 벌였다. 어멈은 개에게 물리면서도 개를 입으로 물어뜯어 죽이고는 피투성이가 되어 단성이에게로 달려갔다. 그러나 단성이는 이미 숨을 거둔 뒤였다. 어멈은 실성하여 문밖으로 뛰쳐나와 단성이 이름을 계속 부르면서 피 묻은 치마를 펄럭거리며 대로를 뛰어다녔다. 이 모든 광경을 지켜보면서 무서워진 주인 아씨는 경찰서에 전화하여 신고하였다.

아무리 궁핍하고 어려운 시대라 해도 부잣집 '개'와 가난한 '사람'이 개밥을 가지고 서로 죽기살기로 싸우는 이 광경은 한국 현대문학에서도 보기 드문 비극적인 장면이다. 부잣집 가축은 값비싼 우유에 흰 쌀밥, 고깃국을 먹고 남의 집 식모살이하는 어멈은 겨우 조밥 등으로 입에 풀칠하면서 찢어지게 가난한 삶을 살고 있는 이러한 극한의 빈부 격차 상황에서, 어멈은 개와 밥그릇을 두고 죽기살기로 싸우다 미쳐 버렸다.

이 소설은 비참한 모습을 있는 그대로 적나라하게 그리는 자연주의 소설 기법의 정점에 서 있다. '서양 사냥개'로 상징되는 서구의 자본주의와 식민주의, 그리고 더불어 함께 들어온 황금만능주의로 부익부 빈익빈이 심화된 불공평한 사회에서 힘없고 억눌린 극빈층 문제를 어떻게 해결할 수 있는가? 주요섭은 이 소설에서 그러한 질문을 던지고 있다.

사랑 손님과 어머니

『조광』 창간호(1935년 12월)에 발표되었다. 발표 당시 많은 신문과 잡지로부터 극찬을 받은, 주요섭의 대표작이다. 주요섭은 1920년대 초 상하이에서 흥사단에 가입한 일 때문에 국내에서는 불온한 인물로 취급되어 변변한 취직도 못 하던 중 1920년대 중후반에 발표했던 경향파에 가까운 작품들에 회의를 느끼며 5,6년간 절필하였다. 그러다가 1934년 가을부터 중국 베이징의 푸런대학교에서 영문학을 가르치게 되었을 무렵, 그동안 억눌렀던 창작 욕구를 외면하지 못하고 다시 소설을 쓰기 시작하여 나온 것이 이 「사랑 손님과 어머니」이다.

밤이 늦도록 어머니는 풍금을 타셨습니다.
그 구슬프고 고즈넉한 곡조를 계속하고 또 계속하면서.

등장인물

옥희　여섯 살 된 여자아이. 과부인 엄마와 작은외삼촌과 함께 살다가 사랑방에 하숙하게 된 아저씨와 친해진다. 천진하고 명랑한 성격이다.

어머니　스물세 살 된 젊은 과부. 남편의 유산과 삯바느질로 살림을 꾸려 가고 있다. 남편의 친구인 사랑 손님에게 마음이 흔들리지만, 딸을 키우면서 혼자 살 결심을 한다.

사랑 손님(아저씨)　옥희네 동네의 학교에 새로 부임해 온 교사. 옥희 큰외삼촌의 친구이며, 죽은 아버지와도 어렸을 적 친구 사이였다. 옥희 어머니를 마음에 두고 있다.

큰외삼촌　사랑 손님이 옥희네 집에 하숙하도록 소개해 준다.

외삼촌　중학생. 누나의 잔심부름을 해 줄 겸 같이 살고 있다.

사랑 손님과 어머니

1. 여섯 살 소녀 옥희가 가족을 소개한다

나는 금년 여섯 살 난 처녀애입니다. 내 이름은 박옥희구요 우리 집 식구라고는 세상에서 제일 이쁜 우리 어머니와 나와 단 두 식구뿐이랍니다. 아차, 큰일날 뻔했군! 외삼촌을 빼놓을 뻔했으니.

지금 중학교에 다니는 외삼촌은 어디를 그렇게 싸돌아다니는지 집에는 끼니때나 외에는 별로부터 있지를 않으니까 어떤 때는 한 주일씩 가도 외삼촌 코빼기도 못 보는 때가 많으니까요. 깜박 잊기도 예사지요, 무얼.

우리 어머니는 그야말로 세상에서 둘도 없이 곱게 생긴 우리 어머니는 금년 나이 스물세 살인데 과부랍니다. 과부가 무엇인지 나는 잘 몰라도 하여튼 동리 사람들이 나더러는 '과부의 딸'이라고들 부르니까 우리 어머니가 과부인 줄을 알지요. 남들은 다 아버지가 있는데 나만은 아버지가 없지요. 아버지가 없다고 아마 '과부 딸'이라나 봐요.

2. 아버지는 옥희가 태어나기 전에 죽고 옥희는 어머니와
외삼촌과 살고 있다

외할머니 말씀을 들으면 우리 아버지는 내가 이 세상에 나오기 한 달 전에 돌아가셨대요. 우리 어머니하고 결혼한 지는 일 년 만이고요. 우리 아버지의 본집은 어디 멀리 있는데 마침 이 동리 학교에 교사로 오게 되기 때문에 결혼 후에도 우리 어머니는 시집으로 가지 않고 여기 이 집을 사고(바로 이 집은 우리 외할머니 댁 뒷집이지요) 여기서 살다가 일 년이 못 되어 갑자기 죽었대요. 내가 세상에 나오기도 전에 아버지는 돌아가셨다니까 나는 아버지 얼굴도 못 뵈었지요. 그러기 아무리 생각해 보아도 아버지 생각은 안 나요. 아버지 사진이라는 사진은 나도 한두 번 보았지요. 참말로 훌륭한 얼굴이에요. 그 아버지가 살아 계시다면 참말로 세상에서 제일가는 잘난 아버지일 거예요. 그런 아버지를 뵙지도 못한 것은 참으로 분한 일이에요. 그 사진도 본 지가 퍽 오랬는데 이전에는 그 사진을 어머니 책상에 놓아 두시더니 외할머니가 오시면 오실 때마다 그 사진을 치우라고 늘 말씀을 하셨는데 지금은 그 사진이 어디 있는지 없어요. 언젠가 한번 어머니가 나 없는 동안에 몰래 장롱 속에서 무엇을 꺼내 보시다가 내가 들어오니까 얼른 장롱 속에 감추는 것을 내가 보았는데 그것이 아마 아버지 사진인 것 같았어요.

아버지가 돌아가시기 전에 우리가 먹고살 것이나 남겨 놓고 가셨대요. 작년 여름에 아니 가을이 다 되어서군요. 하루는 어머니를 따라서 저 여기서 한 십 리나 가서 조그만 산이 있는 데를 가서 거기서 밤도 따

먹고 또 그 산 밑에 초가집에 가서 닭고깃국을 먹고 왔는데 거기 있는 땅이 우리 땅이래요. 거기서 나는 추수로 밥이나 굶지 않게 된대요. 그래두 반찬 사고 과자 사고 할 돈은 없대요. 그래서 어머니가 다른 사람의 바느질을 맡아서 해 주지요. 바느질을 해서 돈을 벌어서 청어도 사고 달걀도 사고 내가 먹을 사탕도 사고 한다구요.

그리구 우리 집 정말 식구는 어머니와 나와 단둘인데 아버님이 계시던 사랑방이 비어 있으니 그 방도 쓸 겸 또 어머니의 잔심부름도 좀 해 줄 겸해서 우리 외삼촌이 사랑에 와 있게 되었대요.

3. 사랑방에 큰외삼촌의 친구가 하숙하게 된다

금년 봄에는 나를 유치원에 보내 준다고 해서 나도 너무나 좋아서 동무 아이들한테 실컷 자랑을 하고 나서 집으로 들어오느라니까 사랑에서 큰외삼촌이(우리 집 사랑에 와 있는 외삼촌의 형님) 웬 한 낯선 사람 하나와 앉아 이야기를 하고 있습니다. 나를 보더니 '옥희야' 하고 부르겠지요.

"옥희야, 이리 온. 이 아저씨께 인사 드려라."

나는 부끄러워서 비슬비슬하니까 그 낯선 손님이

"아, 그 애기 참 곱다. 자네 조카딸인가?"

"응, 내 누이의 딸…… 경선 군의 유복녀 외딸일세."

"옥희, 이리 온, 응! 그 눈은 꼭 정 아버지를 닮았네그려."

하고 낯선 손님이 말합디다.

"자, 옥희야. 커단 처녀가 왜 저 모양이야. 어서 와서 이 아저씨께 인사해. 네 아버지의 옛날 친구이다. 또 인제부터는 이 사랑에 계실 터인데 인사 여쭙고 친해 두어야지."

나는 이 낯선 손님이 사랑에 계시게 된다는 말을 듣고 갑자기 즐거워졌습니다. 그래서 그 아저씨 앞에 가서 사붓이 절을 하고는 그만 안마당으로 뛰어 들어왔지요. 그 아저씨와 큰외삼촌은 소리를 내서 크게 웃더군요.

나는 안방으로 들어오는 나름으로 어머니를 붙들고

"어머니, 사랑방에 큰삼촌이 아저씨를 하나 데리고 왔는데 그 아저씨가 이제 사랑에 있는대."

하고 법석을 하니까

"응, 그래."

하고 어머니는 벌써 안다는 듯이 대답을 하더군요.

"언제부텀 와 있나?"

"오늘부텀."

"에구 좋아."

하고 내가 손뼉을 치니까 어머니는 내 손을 꼭 잡으면서

"왜 이리 수선이야."

"그럼 작은외삼촌은 어디루 가구?"

"외삼촌도 사랑에 있지."

"그럼 둘이 있나?"

"응."

"한 방에 둘이 다 있어?"

"왜 장지문 달구 외삼촌은 아랫방에 계시구 그 아저씨는 웃방에 계시구 그러지."

나는 그 아저씨가 어떤 사람인지는 몰랐으나 내게는 퍽 고맙게 굴고 또 나도 그 아저씨가 꼭 마음에 들었어요. 어른들이 저희끼리 말하는 것을 들으니까 그 아저씨는 돌아가신 우리 아버지와 어렸을 적 친구라구요. 어디 먼 데 가서 공부를 하다가 요새 돌아왔는데 우리 동리 학교 교사로 오게 되었대요. 또 우리 큰외삼촌과도 친구인데 이 동리에는 하숙도 별로 깨끗한 곳이 없고 해서 우리 사랑으로 와 계시게 되었다구요. 또 우리도 그 아저씨에게서 밥값을 받으면 살림에 보탬도 좀 되고 한다구요.

그 아저씨는 그림책들이 얼마든지 있어요. 내가 사랑에 가면 그 아저씨는 나를 무릎에 앉히고 그림책들을 보여 줍니다. 또 가끔 사탕도 주구요. 어느 날은 점심을 먹고 살그머니 사랑에 나가 보니까 아저씨는 그때에야 점심을 잡수어요. 그래 가만히 앉아서 점심 잡숫는 걸 구경하고 있노라니까 아저씨가,

"옥희는 어떤 반찬을 제일 좋아하나?"

하고 묻겠지요. 그래 삶은 달걀을 좋아한다고 했더니 마침 상에 놓인 삶은 달걀을 한 알 집어 주면서 나더러 먹으라구 합니다. 나는 그 달걀을 벗겨 먹으면서,

"아저씨는 무슨 반찬이 제일 맛나우?"

하고 물으니까 그는 한참이나 빙그레 웃고 있더니,

"나두 삶은 달걀."

하겠지요. 나는 좋아서 손뼉을 짤깍짤깍 치고,

"아, 나와 같네, 그럼. 가서 어머니한테 알려야지."

하면서 일어서니까 아저씨가 꼭 붙들면서

"그러지 말어."

그러시지요. 그래두 나는 한 번 맘을 먹은 담엔 꼭 그대루 하구야 마는 성미지요. 그래 안마당으로 뛰쳐 들어서면서,

"어머니, 어머니, 사랑 아저씨두 나처럼 삶은 달걀을 제일 좋아한대."

하고 소리를 질렀지요.

"떠들지 말어."

하고 어머니는 눈을 흘기십디다.

그러나 사랑 아저씨가 달걀을 좋아하는 것이 내게는 썩 좋게 되었어요. 그다음부터는 어머니가 달걀을 많이씩 사게 되었으니요. 달걀 장수 노친네가 오면 한꺼번에 열 알두 사구 스무 알두 사구 그래선 삶아서 아저씨 상에두 놓고 또 으레 나도 한 알씩 주고 그래요. 그뿐 아니라 아저씨한테 놀러 나가면 가끔 아저씨가 책상 서랍 속에서 달걀을 한두 알 꺼내서 먹으라구 주지요. 그래 그담부터는 나는 아주 실컷 달걀을 많이 먹었어요.

나는 아저씨가 아주 좋았어요. 마는 외삼촌은 가끔 툴툴하는 때가 있었어요. 아마 아저씨가 마음에 안 드나 봐요. 아니 그것보다도 아저씨 상 심부름을 꼭 외삼촌이 하니까 그것이 하기 싫어서 그랬겠지요. 한번

은 어머니와 외삼촌이 말다툼하는 것을 들었어요. 어머니가,

"야, 또 어디 나가지 말구 사랑에 있다가 선생님 들어오시거든 상 내가야지."

하고 말씀하시니까 외삼촌은 얼굴을 찡그리면서,

"제길, 남 어디 좀 볼일이 있는 날은 반드시 끼니 때에 안 들어오고 늦어지니."

하고 툴툴하겠지요. 그러니까 어머니는,

"그러니 어쩌겠니. 너밖에 사랑 출입할 사람이 어디 있니?"

"누님이 좀 상 들고 나가구려. 요새 세상에 내외하십니까!"

어머니는 갑자기 얼굴이 발개지시고 아무 대답도 없이 그냥 외삼촌에게 향하여 눈을 흘기셨습니다. 그러니까 외삼촌은 웃으면서 사랑으로 나갔지요.

4. 옥희는 아저씨와 점점 친해진다

나는 유치원에 가서 창가도 배우고 댄스도 배우고 하였습니다. 유치원 여선생님이 풍금을 아주 썩 잘 타요. 그런데 우리 유치원에 있는 풍금은 우리 예배당에 있는 풍금과는 다른데 퍽 조그마한 것이지마는 소리는 썩 좋아요. 그런데 우리 집 웃간에도 유치원 풍금과 꼭 같이 생긴 것이 놓여 있는 것이 갑자기 생각이 났어요. 그래 그날 나는 집으로 오는 길로 어머니를 끌고 웃간으로 가서,

“엄마, 이거 풍금 아니유?”

하고 물으니까 어머니는 빙그레 웃으시면서

“그렇다. 그건 어떻게 알았니?”

“우리 유치원에 있는 풍금이 이것과 꼭 같아. 그럼 어머니두 풍금 탈 줄 아우?”

하고 나는 다시 물었습니다. 그것은 내가 이때껏 한 번도 어머니가 이 풍금 앞에 앉은 것을 본 일이 없기 때문입니다.

어머니는 아무 대답도 아니하십니다.

“어머니, 이 풍금 좀 타 봐!”

하고 재촉하니까 어머니 얼굴은 약간 흐려지면서

“그 풍금을 네 아버지가 날 사다 주신 거란다. 네 아버지 돌아가신 후에는 그 풍금은 이때까지 뚜껑도 한 번 안 열어보았다……”

이렇게 말씀하시는 어머니 얼굴을 보니까 금방 또 울음보가 터질 것 같이만 보여서 그만

“엄마, 나 사탕 주어.”

하면서 아랫방으로 끌고 내려왔습니다.

아저씨가 사랑방에 와 계신 지 벌써 여러 밤을 잔 뒤입니다. 아마 한 달이나 되었지요. 나는 거의 매일 아저씨 방에 놀러 갔습니다. 어머니는 가끔 그렇게 가서 귀찮게 굴면 못쓴다고 꾸지람을 하시지만 정말인즉 나는 조금도 아저씨를 귀찮게 굴지는 않았습니다. 도리어 아저씨가 나를 귀찮게 굴었지요.

“옥희 눈은 아버지를 닮았다. 그러나 고 고운 코는 아마 어머니를 닮

았지, 고 입하고. 그러냐, 안 그러냐? 어머니도 옥희처럼 곱지?……”

이렇게 여러 가지로 물을 때도 있었습니다. 그래 나는

　“아저씨, 아직 우리 어머니 못 만나보았수?”

하고 물었더니 아저씨는 잠잠합니다.

　“우리 어머니 보러 들어갈까?”

하면서 아저씨 소매를 잡아당겼더니 아저씨는 펄쩍 뛰면서

　“아니, 아니, 안 돼. 난 지금 분주해서.”

하면서 나를 잡아끌었습니다. 그러나 정말로 무슨 그리 분주하지도 아는 모양이었어요. 그러기 나더러 가란 말도 아니하고 그냥 나를 붙들고 머리도 쓰다듬고 뺨에 키스도 하고,

　“요 저고리 누가 해 주디?…… 밤에 엄마하구 한자리에서 자니?”

라는 둥 쓸데없는 말을 자꾸만 물었지요.

　그러나 웬일인지 나를 그렇게 귀애해 주던 아저씨도 아랫방에 외삼촌이 들어오면 갑자기 태도가 달라지지요. 이것저것 묻지도 않고 나를 꼭 끼어안지도 않고 점잖게 앉아서 그림책이나 보여 주고 그러지요. 아마 아저씨가 우리 외삼촌을 무서워하나 봐요.

　하여튼 어머니는 나더러 너무 아저씨를 귀찮게 한다고 어떤 때는 저녁 먹고 나서 나를 꼭 방 안에 가두어 두고 못 나가게 하는 때도 더러 있었습니다. 그러나 조금 있다가 어머니가 바느질에 정신이 팔려 골몰하고 있을 때 몰래 가만히 일어나서 나오지요. 그런 때에는 어머니는 문 여는 소리를 듣고야 파딱 정신을 차려서 쫓아와 나를 붙들지요. 그러나 그런 때는 어머니는 골은 아니 내시고

“이리 온. 이리 와서 머리 빗고.”

하고 끌어다가 머리를 다시 곱게 땋아 주어요.

“머리를 곱게 땋고 가야지. 그렇게 되는대루 하구 가면 아저씨가 흉보시지.”

하시면서. 또 어떤 때에는 머리를 다 땋아 주시고는

“응, 저고리가 이게 무어냐?”

하시면서 새 저고리를 내어 주시는 때도 있었습니다.

5. 옥희는 아저씨가 아빠였으면 좋겠다고 생각한다

어떤 토요일 오후였습니다. 아저씨는 나더러 뒷동산에 올라가자고 하셨습니다. 나는 너무나 좋아서 곧 가자고 하니까,

“들어가서 어머님께 허락 맡고 온.”

하십니다. 참 그렇습니다. 나는 뛰쳐 들어가서 어머니께 허락을 맡았습니다. 어머니는 내 얼굴을 다시 세수시켜 주고 머리도 다시 땋고 그리고 나서 나를 아스라지도록 한 번 몹시 껴안았다가 놓아 주었습니다.

“너무 오래 있지 말고, 응.”

하고 어머니는 크게 소리치셨습니다. 아마 사랑 아저씨도 그 소리를 들었을 거예요.

뒷동산에 올라가서는 정거장을 한참 내려다보았으나 기차는 안 지나갔습니다. 나는 풀잎을 쭉쭉 뽑아 보기도 하고 땅에 누운 아저씨의 다리

를 가서 꼬집어 보기도 하면서 놀았습니다. 한참 후에 아저씨가 손목을 잡고 내려오는데 유치원 동무들을 만났습니다.

"옥희가 아빠하구 어디 갔다 온다잉."

하고 한 동무가 말합디다. 그 아이는 우리 아버지가 돌아가신 줄을 모르는 아이였습니다. 나는 얼굴이 빨개졌습니다. 그때 나는 얼마나 이 아저씨가 정말 우리 아버지였더라면 하고 생각했는지 모릅니다. 나는 정말로 한 번만이라도, "아빠!" 하고 불러 보고 싶었습니다. 그러고 그날 그렇게 아저씨하고 손목을 잡고 골목골목을 지나오는 것이 어찌도 재미가 좋았는지요.

나는 대문까지 와서

"난 아저씨가 우리 아빠라면 좋겠더라."

하고 불쑥 말했습니다. 그랬더니 아저씨는 얼굴이 홍당무처럼 빨개져서 나를 흔들면서,

"그런 소리 하면 못써."

하고 속삭이는데 그 목소리가 몹시도 떨렸습니다. 나는 아저씨가 몹시 성이 난 것같이만 생각되어서 아무 말도 못 하고 안으로 들어갔습니다. 어머니가

"어디까지 갔던?"

하고 나와 안으며 묻는데 나는 대답도 못 하고 그만 쿨쩍쿨쩍 울었습니다. 어머니는 놀라서

"옥희야, 왜 그러니? 응?"

하고 자꾸만 물었으나 나는 아무 대답도 못 하고 울었습니다.

6. 일요일 예배당에서 아저씨를 만난다

　이튿날은 일요일인 고로 나는 어머니와 함께 예배당에를 가려고 차리고 나서 어머니가 옷을 갈아입는 동안 잠깐 사랑에를 나가 보았습니다. 아저씨가 성이 났나 하고 가만히 방 안을 들여다보았더니 책상에 앉아 무엇을 쓰고 있던 아저씨가 내다보면서 빙그레 웃었습니다. 그 웃음을 보고 나는 마음을 놓았습니다. 아저씨는 지금은 성내지 않은 것이 확실하니까요. 아저씨는 나를 온몸을 이리 보고 저리 보고 훑어보더니,

　"옥희 오늘 어디 가나. 저렇게 곱게 차리고?"

하고 물었습니다.

　"엄마하구 예배당에 가."

　"예배당에?"

하고 나서 아저씨는 잠시 나를 멍하니 바라다보더니

　"어느 예배당에?"

하고 묻습니다.

　"요 앞에 예배당에 가지 뭐."

　"응, 요 앞이라니."

　이때 안에서,

　"옥희야."

하고 부드럽게 부르는 어머니 목소리가 들리었습니다. 나는 얼른 안으로 뛰어 들어오면서 돌아다보니 아저씨는 또 얼굴이 빨갛게 성이 났지요. 참으로 무슨 일로 요새는 아저씨가 저렇게 성을 잘 내는지 알 수 없

었습니다.

　예배당에 가 앉아서 찬미하고 기도하다가 기도하는 중간에 갑자기 나는 '혹시 아저씨도 예배당에 나오지 않았나' 하는 생각이 나서 눈을 뜨고 고개를 들어 남자석을 바라다보았습니다. 그랬더니 하, 바로 거기 아저씨가 와 앉아 있겠지요. 그런데 어른이 눈 감고 기도하지 않고 우리 아이들처럼 눈을 뜨고 여기저기 두리번두리번 바라봅니다. 나는 얼른 아저씨를 알아보았는데 아저씨는 나를 못 알아보았는지 내가 방그레 웃어 보여도 웃지 않고 멀거니 보고 있겠지요. 그래 나는 손을 들어 흔들었지요. 그러니까 아저씨는 얼른 고개를 숙이고 말더군요. 그때에 어머니가 내가 팔을 흔드는 것을 깨닫고 두 손으로 나를 붙들고 끌어당기더군요. 나는 어머니 귀에다 입을 대고,

　"저기 아저씨두 왔어."

하고 속삭이니까 어머니는 흠칫하면서 내 입을 손으로 막고 막 끌어 잡아다가 앞에 앉히고 고개를 누르더군요. 보니까 어머니가 또 얼굴이 홍당무처럼 빨개졌겠지요.

　그날 예배는 아주 젬병이었어요. 웬일인지 예배 끝날 때까지 어머니는 성이 나서 강대만 앞으로 바라보고 앉았지 이전 모양으로 가끔 나를 내려다보고 웃는 일이 없었어요. 그리고 아저씨를 보려고 남자석을 바라다보아도 아저씨도 한 번도 바라다보아 주지도 않고 성이 나서 앉아 있고, 어머니는 나를 보지도 않고 공연히 꽉꽉 잡아당기지요. 왜 모두들 그리 성이 났는지. 나는 그만 으아 하고 한번 울고 싶었어요. 그러나 바로 멀지 않은 곳에 우리 유치원 선생님이 앉아 있는 고로 울고 싶은 것

을 억지로 참았답니다.

7. 옥희가 장롱에 숨은 일로 소동이 벌어진다

　내가 처음 얼마 동안은 유치원에 갈 때나 올 때나 외삼촌이 바래다 주었습니다. 그러나 여러 밤을 자고 난 뒤에는 나 혼자도 넉넉히 다니게 되었어요. 그러나 언제나 유치원에서 돌아오는 때면 어머니가 옆대문 (우리 집에는 대문이 사랑대문과 옆대문 둘이 있어서 어머니는 늘 이 옆대문으로만 출입하시는 것이었습니다) 밖에 기다리고 섰다가 내가 달음질쳐 가면 안고 집 안으로 들어가곤 하는 것이었습니다.

　그런데 하루는 어쩐 일인지 어머니가 보이지를 않겠지요. 어떻게도 화가 나던지요. 물론 머릿속으로는 '아마 외할머니 댁에 가셨나 보다' 하고 생각했지마는 하여튼 내가 돌아왔는데 문간에서 기다리지 않고 집을 떠났다는 것이 몹시 나쁘게 생각이 되더군요. 그래서 속으로 '오늘 엄마를 좀 골려야겠다' 하고 생각하고 있는데 옆대문 밖에서

　"아이고, 애가 원 벌써 왔나?"

하는 어머니 목소리가 들리더군요. 그 순간 나는 얼른 신을 벗어 들고 안방으로 뛰어 들어가서 벽장을 열고 그 속에가 들어가서 숨어 버렸습니다.

　"옥희야, 옥희 너 아직 안 왔니?"

하는 어머니 목소리가 바로 뜰에서 나더니

"아직 안 왔군."

하면서 밖으로 나가는 모양이었습니다. 나는 재미가 나서 혼자 흐흥 흐흥 웃었습니다.

한참을 있더니 집에서는 온통 야단이 났습니다. 어머니 목소리도 들리고 외할머니 목소리도 들리고 외삼촌 목소리도 들리고!

"글쎄 하루 종일 집이라군 안 떠났다가 옥희 유치원에서 오면 먹일 과자가 없기 어머님 댁에 잠깐 갔다가 왔는데 그동안에 이런 변이 생기다니."

하는 것은 어머니 목소리.

"글쎄 유치원에선 벌써 삼십 분 전에 떠났다던데 원 중간에서……."

하는 것은 외할머니 목소리.

"하여튼 내 나가서 돌아댕겨 볼웨다. 원 고것이 어딜 갔담?"

하는 것은 외삼촌의 목소리.

이윽고 어머니의 울음소리가 가늘게 들렸습니다. 외할머니는 무엇이라고 중얼중얼 이야기하는 모양이었습니다. '이젠 그만하고 나갈까?' 하고도 생각했으나 '지난 주일날 예배당에서 성냈던 앙갚음을 해야지.' 하고 나는 그냥 벽장 안에 누워 있었습니다. 벽장 안은 답답하고 더웠습니다. 그래서 이윽고 부지중에 나는 슬며시 잠을 들어 버렸습니다.

얼마 동안이나 잤는지요? 이윽고 잠을 깨 보니 아까 내가 벽장 안에 들어왔던 것은 잊어버리고 참 이상스러운 데가 내가 누워 있거든요. 어둑컴컴하고 좁고 덥고…… 나는 갑자기 무서운 생각이 나서 엉엉 울기 시작했지요. 그러자 갑자기 어디 가까운 데서 어머니의 외마디 소리가 나더니 벽장 문이 벌컥 열리고 어머니가 달려들어 나를 안아 내렸습니다.

"요 망할 것아."

하면서 어머니는 내 엉덩이를 댓 번 때렸습니다. 나는 더욱더 소리를 내어 울었습니다. 어머니는 그때는 나를 끌어안고 어머니도 울었습니다.

"옥희야, 옥희야, 응, 인제 괜찮다. 엄마 여기 있지 않니, 응, 울지 마라 옥희야. 엄마는 옥희 하나면 그뿐이다. 옥희 하나만 바라고 산다. 난 너 하나면 그뿐이야. 세상 모든 게 다 일이 없다. 옥희만 있으면 바라고 산다. 옥희야 울지 마라. 응, 울지 마라."

이렇게 어머니는 나더러 자꾸 울지 말라면서도 어머니 저는 끊이지 않고 그냥 울고 있었습니다. 외할머니는,

"원 고것이 도깨비가 들렸단 말인가, 벽장 속엔 왜 숨는담."

하고 앉아 있는 외삼촌은

"에, 재수 나시다(없다)." 하면서 밖으로 나갔습니다.

8. 옥희는 유치원에서 가져온 꽃을 아저씨가 주었다고
거짓말한다

이튿날 유치원을 파하고(마치고) 집으로 오게 된 때 나는 갑자기 어제 벽장 속에 숨었다가 어머니를 몹시 울게 하던 생각이 문득 나서 집으로 가기가 어째 부끄러워졌습니다. '오늘은 어머니를 좀 기쁘게 해 드려야

할 텐데…… 무엇을 갖다 드리면 기뻐할까? 하고 생각했습니다. 그리자 문득 유치원 안에 선생님 책상 위에 놓여 있던 꽃병 생각이 났습니다. 그 꽃병에는 나는 이름도 모르는 곱고 빨간 꽃이 있었습니다. 그 꽃은 개나리도 아니고 진달래도 아니었습니다. 그런 꽃은 나도 잘 알고 또 그런 꽃은 벌써 다가 진 후였습니다. 무슨 서양 꽃이려니 하고 나는 생각하였습니다. 나는 우리 어머니가 꽃을 사랑하는 줄을 잘 압니다. 그래서 그 꽃을 갖다 드리면 어머니가 몹시 기뻐하려니 하고 생각하였습니다.

그래서 나는 도로 유치원 방 안으로 들어갔습니다. 마침 방 안에는 아무도 없었습니다. 선생님도 잠깐 어디를 갔는지 보이지 않았습니다. 그래 나는 그 꽃을 두어 개 얼른 빼들고 달음질쳐 나왔지요.

집에 오니 어머니는 문간에서 기다리고 있다가 나를 안고 들어왔습니다.

"그래, 그 꽃은 어디서 났니? 퍽 곱구나."

하고 어머니가 말씀하셨습니다. 갑자기 나는 말문이 막혔습니다. "이걸 어머니 드릴라구 내가 유치원서 가져왔지." 하고 말하기가 어째 부끄러운 생각이 들었습니다. 그래 잠깐 망설이다가,

"응, 이 꽃! 저 사랑 아저씨가 엄마 갖다 드리라고 줘."

하고 불쑥 말했습니다. 그런 거짓말이 어디서 나왔는지 나도 모르지요.

꽃을 들고 냄새를 맡고 있던 어머니는 내 말이 끝나기가 무섭게 무엇에 놀란 사람처럼 화닥닥하였습니다. 그러고는 금시에 어머니 얼굴이 그 꽃보다도 더 빨갛게 되었습니다. 그 꽃을 든 어머니 손가락이 파르르

떠는 것을 나는 보았습니다. 어머니는 무슨 무서운 것을 생각하는 듯이 사방을 휘 한 번 둘러보시더니,

"옥희야, 그런 걸 받아오면 안 돼."

하는 목소리는 몹시 떨렸습니다.

나는 꽃을 그렇게도 좋아하는 어머니가 이 꽃을 받고 그처럼 성을 낼 줄은 참으로 뜻밖이었습니다. 그렇게 성을 낸다면 그 꽃을 내가 가져왔다고 그러지 않고 아저씨가 주더라고 한 거짓말이 참 잘되었다고 나는 속으로 생각했습니다. 어머니가 성을 내는 까닭은 나는 모르지만 하여튼 성을 낼 바에는 내게 내는 것보다 아저씨에게 내는 것이 내게는 나았기 때문입니다. 한참 있더니 어머니는 나를 방 안으로 데리고 들어와서

"옥희야, 너 이 꽃 이야기 아무보구두 하지 말아, 응."

하고 타일러 주었습니다. 나는

"응."

하고 대답했습니다.

어머니는 그 꽃을 내버릴 줄로 나는 생각했습니다마는 내버리지는 않고 꽃병에 넣어서 풍금 위에 놓아 두었습니다. 아마 퍽 여러 밤 자도록 그 꽃은 거기 놓여 있어서 마지막에는 시들었습니다. 꽃이 다 시들자 어머니는 가위로 그 대는 잘라 내버리고 꽃만은 찬송가 갈피에 끼워 두었습니다.

그날 밤에 나는 또 사랑에 나가서 아저씨 무릎에 앉아 그림책을 보고 있었습니다. 갑자기 아저씨 몸이 흠칫합니다. 그러고는 귀를 기울입니다. 나도 귀를 기울였습니다.

풍금 소리!

그 풍금 소리는 분명 안방에서 흘러나오는 것이었습니다.

"엄마가 풍금 타나 보다."

하고 나는 벌떡 일어나서 안으로 뛰어왔습니다.

안방에는 불을 켜지 않았습니다. 그러나 그때는 음력으로 보름께여서 달이 낮같이 밝은데 은빛 같은 흰 달빛이 방 한 절반 가득하였습니다. 나는 흰 옷을 입은 어머니가 풍금 앞에 앉아서 고요히 풍금을 타는 것을 보았습니다.

나는 나이 지금 여섯 살밖에 안 되었지마는 하여튼 어머니가 풍금을 타시는 것을 보는 것은 오늘이 처음이었습니다. 어머니는 우리 유치원 선생님보다도 풍금을 더 잘 타시는 것이었습니다. 나는 어머니 곁으로 갔습니다마는 어머니는 내가 온 것도 깨닫지 못하는지 그냥 까딱 아니 하고 앉아서 풍금을 탔습니다. 조금 있더니 어머니는 풍금에 맞추어 노래를 부르기 시작하였습니다. 어머니의 목소리가 그렇게도 아름다운 것도 나는 이때 모르고 있었습니다. 어머니는 참으로 우리 유치원 선생님보다도 목소리가 훨씬 더 곱고 노래도 훨씬 더 잘 부르시는 것이었습니다. 나는 가만히 서서 어머님 노래를 들었습니다. 그 노래는 마치도 은실을 타고 저 별나라에서 내려오는 노래처럼 아름다웠습니다.

그러나 얼마 가지 않아 목소리는 약간 떨렸습니다. 가늘게 떨리는 노랫소리, 그에 따라 풍금의 가는 소리도 바르르 떠는 듯했습니다. 노랫소리는 차차 가늘어지더니 마지막에는 사르르 없어져 버렸습니다. 풍금 소리도 사르르 없어졌습니다. 어머니는 고요히 풍금에서 일어나시더니 옆에 섰는 내 머리를 쓰다듬었습니다. 그다음 순간 어머니는 나를 안고 마루로 나오셨습니다. 어머니는 아무 말씀도 없이 꼭꼭 껴안는 것이었습니다. 달빛을 함뿍 받는 내 어머니 얼굴은 몹시도 새하얗다고 생각되었습니다. 우리 어머니는 참으로 천사 같다고 나는 생각하였습니다.

우리 어머니의 새하얀 두 뺨 위로는 쉴 새 없이 두 줄기 눈물이 줄줄 흘러내리고 있는 것을 나는 보았습니다. 그것을 보니 나도 갑자기 울고 싶어졌습니다.

"어머니, 왜 울어?"

하고 나도 쿨쩍거리면서 물었습니다.

"옥희야."

"응?"

한참 동안 어머니는 아무 말씀도 없었습니다.

"옥희야, 나는 너 하나면 그뿐이다."

"엄마."

어머니는 대답이 없으셨습니다.

9. 아저씨가 어머니에게 편지를 보낸다

하루는 밤에 아저씨 방에서 놀다가 졸려서 안방으로 들어오려고 일어서니까 아저씨가 하얀 봉투를 서랍에서 꺼내어 내게 주었습니다.

"옥희, 이것 갖다 엄마 드리고 지나간 달 밥값이라구, 응."

　나는 그 봉투를 갖다 엄마에게 드렸습니다. 엄마는 그 봉투를 받아들자 갑자기 얼굴이 파랗게 질리었습니다. 그 전날 달밤에 마루에 앉았을 때보다도 더 새하얗다고 생각되었습니다. 어머니는 그 봉투를 들고 어쩔 줄을 모르는 듯이 초조한 빛이 나타났습니다. 나는

　"그거 지나간 달 밥값이래."

하고 말을 하니까 어머니는 갑자기 잠자다 깨는 사람처럼

　"응."

하고 놀래더니 또 금시에 백지장같이 새하얗던 얼굴이 빨갛게 물들었습니다.

　봉투 속에 들어갔던 어머니의 파들파들 떨리는 손가락이 지전을 몇 장 끌고 나왔습니다. 어머니는 입술에 약간 웃음을 띠면서 후 하고 한숨을 지었습니다. 그러나 그것도 잠깐 다시 어머니는 무엇에 놀랐는지 흠칫하더니 금시에 얼굴이 다시 창백해지고 입술이 바르르 떨었습니다. 어머니의 손을 보니 거기에는 지전 몇 장 외에 네모로 접은 하얀 종이가 한 장 잡혀 있는 것이었습니다.

　어머니는 한참을 망설이는 모양이었습니다. 그러더니 무슨 결심을 한 듯이 입술을 악물고 그 종이를 채근채근 펴 들고 그 안에 쓰인 글을 읽었습니다. 나는 그 안에 무슨 글이 쓰여 있는지 알 도리가 없으나 어머니는 금시에 얼굴이 파랬다가 빨갰다가 하고 그 종이 들던 손은 이제는 바들바들이 아니라 와들와들 떨리어서 그 종이가 부석부석 소리를 내게 되었습니다.

　한참 만에 어머니는 그 종이를 아까 모양으로 네모지게 접어서 돈과

함께 봉투에 도로 넣어 반짇그릇에 던졌습니다. 그러고는 정신 나간 사람처럼 멀거니 앉아서 전등만 치어다보는데 어머니 가슴이 불룩불룩합니다. 나는 어머니가 혹시 병이나 나지 않았나 해서 얼른 가 무릎에 안기면서

"엄마, 잘까?"

하고 말했습니다.

엄마는 내 뺨에 키스를 해 주었습니다. 그런데 엄마의 입술이 어찌면 그리도 뜨거운지요. 마치 불에 달군 돌이 볼에 와 닿는 것 같았습니다.

한잠을 자고 나서 잠이 채 깨지는 않았으나 어렴풋한 정신으로 옆을 쓸어 보니 어머니가 없었습니다. 가끔 가다가 나는 그런 버릇이 있어요. 어렴풋한 정신으로 옆을 쓸면 어머니의 보드라운 살이 만져지지요. 그러면 다시 나는 잠이 들어 버리곤 하는 것이었습니다.

어머니가 자리에 없다는 것을 알게 되자 나는 갑자기 무서워졌습니다. 그래서 눈을 번쩍 뜨고 고개를 들어 둘러보았습니다. 방 안에는 불은 안 켰지만 어슴푸레하게 밝습니다. 뜰로 하나 가득한 달빛이 방 안에까지 희미한 맑음을 비치어 주는 것이었습니다. 웃목을 보니 우리 아버지의 옷을 넣어 두고 가끔 어머니가 꺼내서 쓸어 보시는 그 장롱이 열려 있고, 그 아래 방바닥에는 흰옷이 한 무더기 널려 있습니다. 그리고 그 옆에는 장롱을 반쯤 기대고 자리옷만 입은 어머니가 주춤하고 앉아서 고개를 위로 쳐들고 눈은 감고 무엇이라고 입술로 소곤소곤 외우고 있는 것이 보였습니다. 아마 기도를 하나 보다 하고 나는 생각했습니다. 나는 자리에서 일어나서 기어가서 어머니 무릎을 뻐개고 기어들어 갔습

니다.

“엄마, 무얼 하우?”

어머니는 소곤거리기를 그치고 눈을 떠서 나를 한참이나 물끄러미 들여다보십니다.

“옥희야.”

“응?”

“가서 자자.”

“엄마두 같이 자.”

“응, 그래. 엄마두 같이 자.”

그 목소리가 어째 싸늘하다고 내게 생각되었습니다. 어머니는 돌아가신 아버지의 옷들을 한 가지씩 들고 가만히 손바닥으로 쓸어 보고는 장롱 안에 넣었습니다. 하나씩 하나씩 쓸어 보고는 장롱에 넣고 하여 그 옷을 다 넣은 때 장롱 문을 닫고 쇠를 채우고 그리고 나서 나를 안고 자리로 왔습니다.

“엄마, 우리 기도하고 자?”

하고 나는 물었습니다.

어머니는 나를 밤마다 재울 때마다 반드시 기도를 하는 것이었습니다. 내가 할 줄 아는 기도는 주기도문뿐이었습니다. 그 뜻은 하나도 모르지만 어머니를 따라서 자꾸 외워서 나도 지금은 주기도문을 잘 외웁니다. 그런데 웬일인지 어젯밤 잘 때는 어머니가 기도할 것을 잊어버렸던 것이 지금 생각났기 때문에 나는 그렇게 물었던 것입니다. 어젯밤 자리에 들 때 내가, “기도할까?” 하고 말하고 싶었으나 어머니가 너무도 슬픈 빛을 띠고 있는 고로 그만 나도 가만히 아무 소리 없이 잠을 들고 말았던 것입니다.

"응, 기도하자."

하고 어머니가 고요히 말했습니다.

"어머니가 기도해."

하고 나는 갑자기 어머니의 기도하는 보드라운 음성이 듣고 싶어서 말했습니다.

"하늘에 게신 우리 아버지시여."

어머니는 고요히 기도를 시작하였습니다.

"이름을 거룩하게 하옵시며 나라에 임하옵시며 뜻이 하늘에서 이루어진 것처럼 땅에서도 이루어지이다. 오늘날 우리에게 일용할 양식을 주옵시고 우리가 우리에게 죄 지은 자를 용서하여 준 것처럼 우리 죄를 사하여 주옵시고 우리로 시험에 들지 말게 하옵시고…… 우리로 시험에 들지 말게 하옵시고…… 시험에 들지 말게 하옵시고…… 시험에 들지 말게…… 시험에 들지 말게……."

이렇게 어머니는 자꾸 되풀이하였습니다. 나도 지금은 막히지 않고 하는 주기도문을 어머니가 막히다니 참으로 우스운 일이었습니다.

"시험에 들지 말게, 시험에 들지 말게……"

하고 자꾸만 되풀이하는 것을 나는 참다못해서

"엄마 내 마저 할게."

하고,

"다만 악에서 구하옵소서. 대개 나라와 권세와 영광이 아버지께 영원

토록 있사옵나이다."

하고 내가 끝을 마쳤습니다. 어머니는 한참이나 있다가 겨우

"아멘."

하고 속삭이었습니다.

10. 어머니가 아저씨에게 답장을 보낸다

요새 와서 어머니의 하는 일이란 참으로 알 수가 없는 노릇입니다. 어떤 때는 어머님도 퍽 유쾌하셨습니다. 밤에 때로는 풍금도 타고 또 때로는 찬송가도 부르고 그러실 때에는 나는 너무도 좋아서 가만히 어머니 옆에 앉아서 듣습니다. 그러나 가끔가끔 그 독창은 소리 없는 울음으로 끝을 맺는 때가 있는데 그런 때면 나도 따라서 울었습니다. 그리면 어머니는 나를 안고 무수히 키스하시면서

"어머니는 옥희 하나면 그뿐이야, 응, 그렇지."

하시면서 언제까지나 언제까지나 우시는 것이었습니다.

어떤 일요일 날, 그렇지요. 그것은 유치원 방학하고 난 그 이튿날이었어요. 그날 어머니는 갑자기 머리가 아프시다고 예배당에를 그만두었습니다. 사랑에서는 아저씨도 어디 나가고 외삼촌도 어디 나가고 집에는 어머니와 나와 단둘이 있었는데 머리가 아프다고 누워 계시던 어머니가 갑자기 나를 부르시더니

"옥희야, 너 아빠가 보고 싶으냐?"

하고 물으십디다.

"응. 우리두 아빠가 있으면 좋겠어."

하고 혀를 까불고 어리광을 좀 부려 가면서 대답을 했습니다.

한참 동안을 어머니는 아무 말씀도 아니하시고 천장만 바라다보시더니,

"옥희야, 옥희 아버지는 옥희가 세상에 나오기두 전에 돌아가셨단다. 옥희두 아빠가 없는 건 아니지. 그저 일찍 돌아가셨지. 옥희가 이제 아버지를 새로 또 가지면 세상이 욕을 한단다. 옥희는 아직 철이 없어서 모르지만 세상이 욕을 한단다. 세상이 욕을 해. 옥희 어머니는 화냥년이다, 이러구 세상이 욕을 해. 옥희 아버지는 죽었는데 옥희는 아버지가 또 하나 생겼대, 참 망측두 하지, 이러구 세상이 욕을 한단다. 그리 되면 옥희는 언제나 손가락질 받구. 옥희는 커두 시집두 훌륭한 데 못 가구. 옥희가 공부를 해서 훌륭하게 돼두 에 그까짓 화냥년의 딸 하구 남들이 욕을 한다."

이렇게 어머니는 혼잣말 하시듯 뜨문뜨문 말씀하십니다. 그러고는 한참 있더니

"옥희야."

하고 또 부르십니다.

"응?"

"옥희는 언제나 언제나 내 곁을 안 떠나지. 옥희는 언제나 언제나 엄마하구 같이 살지. 옥희 엄마는 늙어서 꼬부랑 할미가 되어두 그래두 옥희는 엄마하고 같이 살지. 옥희가 유치원 졸업하구 또 소학교 졸업하구,

또 중학교 졸업하구, 또 대학교 졸업하구, 옥희가 조선서 제일 훌륭한 사람이 돼두 그래두 옥희는 엄마하구 같이 살지. 응! 옥희는 엄마를 얼만큼 사랑하나?"

"이만큼."

하고 나는 두 팔을 짝 벌리어 보였습니다.

"응, 얼만큼? 응, 그만큼! 언제나 언제나 옥희는 엄마를 사랑하지. 그리구 공부두 잘하구 그리구 훌륭한 사람이 되구……."

나는 어머니의 목소리가 떨리는 것으로 보아 어머니가 또 울까 봐 겁이 나서

"엄마, 이만큼, 이만큼."

하면서 두 팔을 짝짝 벌리었습니다.

어머니는 울지 않으셨습니다.

"응. 옥희 엄마는 옥희 하나면 그뿐이야. 세상 다른 건 다 소용없어 우리 옥희 하나면 그만이야. 그렇지, 옥희야."

"응!"

어머니는 나를 당기어서 꼭 끼어안고 내 가슴이 막혀 들어올 때까지 자꾸만 껴안아 주었습니다.

그날 밤 저녁을 먹고 나니까 어머니는 나를 불러 앉히고 머리를 새로 빗겨 주었습니다. 댕기도 새 댕기를 들여 주고 바지, 저고리, 치마, 모두 새것을 꺼내 입혀 주었습니다.

"엄마, 어디 가?"

하고 물으니까

"아니."

하고 웃음을 띠면서 대답합니다. 그리더니 풍금 옆에서 새로 다린 하얀 손수건을 내려 내 손에 쥐여 주면서,

"이 손수건, 저 사랑 아저씨 손수건인데 이것 아저씨 갖다 드리고 와. 응. 오래 있지 말구 손수건만 갖다 드리구 이내 와, 응."

하고 말씀하십니다.

손수건을 들고 사랑으로 나가면서 나는 그 손수건 접이 속에 무슨 발각발각하는 종이가 들어 있는 것처럼 생각되었습니다마는 그것을 펴 보지 않고 그냥 갖다가 아저씨에게 주었습니다.

아저씨는 방에 누워 있다가 벌떡 일어나서 손수건을 받는데 웬일인지 아저씨는 이전처럼 나보고 빙그레 웃지도 않고 얼굴이 몹시 새파래졌습니다. 그러고는 입술을 질근질근 깨물면서 말 한마디 아니하고 그 손수건을 받더군요.

나는 어째 이상한 기분이 돌아서 아저씨 방에 들어가 앉지도 못하고 그냥 되돌아서서 안방으로 들어왔지요. 어머니는 풍금 앞에 앉아서 무엇을 그리 생각하는지 가만히 있더군요. 나는 풍금 옆에 가 와서 가만히 앉았지요. 이윽고 어머니는 조용조용히 풍금을 타십디다. 무슨 곡조인지는 몰라도 어째 구슬프고 고즈넉한 곡조예요.

밤이 늦도록 어머니는 풍금을 타셨습니다. 그 구슬프고 고즈넉한 곡조를 계속하고 또 계속하면서.

11. 아저씨가 떠난다

여러 밤을 자고 난 어떤 날 오후에 나는 아저씨 방에를 오래간만에 가보았더니 아저씨가 짐을 싸느라고 분주하겠지요. 내가 아저씨에게 손수건을 갖다 드린 다음부터는 웬일인지 아저씨가 나를 보아도 언제나 퍽 슬픈 사람, 무슨 근심이 있는 사람처럼 아무 말도 없이 나를 물끄러미 바라다만 보고 있는 고로 나도 그리 자주 놀러 나오지 않았던 것입니다. 그랬었는데 이렇게 갑자기 짐을 꾸리는 것을 보고 나는 놀랐습니다.

"아저씨, 어디 가시우?"

"응, 멀리루 간다."

"언제?"

"이제."

"기차 타구?"

"응, 기차 타구."

"갔다 언제 또 오시우?"

아저씨는 아무 대답도 없이 서랍에서 이쁜 인형을 하나 꺼내서 내게 주었습니다.

"옥희 이것 가져, 응. 옥희는 아저씨 가구 나문 아저씨 이내 잊어버리구 말겠지!"

나는 갑자기 슬퍼졌습니다.

"아니."

하고 나는 대답했습니다. 나는 인형을 들고 안으로 들어왔습니다.

“엄마, 이것 봐. 아저씨가 이것 나 줬어. 아저씨가 오늘 기차 타고 먼 데루 간대.”

어머니는 대답이 없으십니다.

“엄마, 아저씨 왜 가우?”

“학교 방학했으니까 가지.”

“어디루 가우?”

“아저씨 집으루 가지 어디루 가.”

“아저씨 인제 갔다가 또 오우?”

어머니는 대답이 없으셨습니다.

“난 아저씨 가는 거 나쁘다.”

하고 입을 쫑깃했으나 어머니는 그 말은 대답 않고

“옥희야, 벽장에 가서 달걀 몇 알 남았나 보아라.”

하고 말씀하셨습니다.

나는 깡충깡충 방 안으로 들어섰습니다. 달걀은 여섯 알 있었습니다.

“여섯 알.”

하고 나는 소리쳤습니다.

“응. 다 가지고 이리 나오너라.”

어머니는 그 달걀 여섯 알을 다 삶았습니다. 그 삶은 달걀 여섯 알을 손수건에 싸 놓고 또 반지(얇고 흰 일본 종이)에 소금을 조금 싸서 한 귀퉁이에 넣었습니다.

“옥희야, 너 이것 갖다 아저씨 드리구 가시다가 찻간에서 잡수시랜다구, 응.”

12. 어머니는 뒷동산 위에서 아저씨가 타고 떠나는 기차를
##　　 바라보며 배웅한다

그날 오후에 아저씨가 떠나간 다음 나는 방에서 아저씨가 준 인형을 업고 자장자장 잠을 재우고 있었습니다. 어머니가 부엌에서 들어오시더니

"옥희야, 우리 뒷동산에 바람이나 쐬러 올라갈까?"

하십니다.

"응. 가, 가."

하면서 나는 덤비었습니다.

잠깐 다녀올 터이니 집을 보고 있으라고 외삼촌에게 이르고 어머니는 내 손목을 잡고 나섰습니다.

"엄마, 나 저 아저씨가 준 인형 가지구 가?"

"그러렴."

나는 인형을 안고 어머니 손목을 잡고 뒷동산으로 올라갔습니다. 뒷동산에 올라가면 정거장이 빤히 내려다보입니다.

"엄마, 저 정거장 보아. 기차는 없군."

어머니는 아무 말씀도 없이 가만히 서 계십니다. 사르르 바람이 와서 어머님 모시 치마 자락을 산들산들 흔들어 주었습니다. 그렇게 산 위에 가만히 서 있는 어머니는 다른 때보다도 더 한층 이뻐 보였습니다.

저편 산모퉁이에서 기차가 나타났습니다.

"아, 저기 기차 온다."

하고 나는 좋아서 소리쳤습니다.

기차는 정거장에 잠시 머물더니 금시에 삑 하고 소리를 지르면서 움직입니다.

"기차 떠난다."

하고 나는 손뼉을 쳤습니다. 기차가 저편 산모퉁이 뒤로 사라질 때까지 그리고 그 굴뚝에서 나는 연기가 하늘 위로 모두 흩어져 없어질 때까지, 어머니는 서서 그것을 바라다보았습니다.

뒷동산에서 내려와서 어머니는 방으로 들어가시더니 이때까지 뚜껑을 늘 열어 두었던 풍금 뚜껑을 닫으십디다. 그러고는 거기 쇠를 채우고 그 위에다가 이전 모양으로 반짇그릇을 얹어 놓으십디다. 그리고는 그 옆에 있는 찬송가를 맥없이 들고 뒤적뒤적하시더니 빳빳 마른 꽃송이를 그 갈피에서 집어 내시더니,

"옥희야, 이것 내다 버려라."

하고 그 마른 꽃을 내게 주었습니다. 그 꽃은 내가 유치원에서 갖다가 어머니께 드렸던 꽃입니다. 그러자 옆대문이 삐걱하더니,

"달걀 사려우."

하고 매일 오는 달걀 장수 노친네가 달걀 버주기(속이 우묵하고 위가 넓게 벌어진 큰 그릇)를 이고 들어왔습니다.

"인젠 우리 달걀 안 사요. 달걀 먹는 이가 없어요."

하시는 어머님의 목소리는 맥이 한푼어치도 없더군요.

나는 어머니의 이 말씀에 놀라서 떼를 좀 써 보려 했으나 석양에 뻔히 비치는 어머니 얼굴을 볼 때 그 용기가 없어지고 말았습니다. 그래서 아

저씨가 주신 인형 귀에다가 내 입을 갖다 대고 가만히 속삭였습니다.

"얘, 우리 엄마두 거짓부리 썩 잘하누나. 내가 달걀 좋아하는 줄 잘 알면서두 생 먹을 사람이 없대누나. 내가 사 내라구 떼를 좀 쓰구 싶지만 저 우리 엄마 얼굴 좀 봐라. 어쩌면 저리두 새파래졌을까! 아마 어디가 아픈가 보다."

라고요.

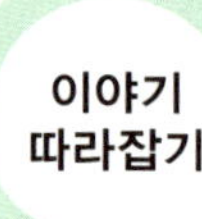

    옥희는 여섯 살 난 여자아이로 과부인 어머니와 외삼촌과 함께 살고 있다. 아버지는 옥희가 태어나기 전에 돌아가셨다.

    큰외삼촌이 데리고 온 손님이 옥희네 사랑방에 하숙하게 되었다. 아저씨는 아버지의 어릴 적 친구이며, 학교 선생님으로 오신 것이다. 옥희는 아저씨 방에 자주 놀러 가게 되고 아저씨도 옥희를 매우 귀여워한다. 아저씨가 삶은 달걀을 좋아한다고 어머니께 말씀드리자 어머니는 아저씨 밥상에 항상 삶은 달걀을 올린다. 어느 날 아저씨와 뒷동산에 올라갔다가 돌아오는 길에 옥희는 아저씨가 아빠라면 좋겠다고 말한다. 다음 날 예배당에서 마주친 어머니와 아저씨는 서로 얼굴을 붉힌다.

    장롱 속에 숨었다가 어머니를 울린 옥희는 어머니를 기쁘게 하기 위해 유치원에 놓인 꽃을 몰래 가져온다. 어디서 났느냐는 질문에 엉겁결에 아저씨가 준 거라고 거짓말을 하자 어머니는 당황해하면서도 그 꽃을 풍금 위에 놓아 둔다. 그날 밤 어머니는 한 번도 타지 않던 풍금을 타며 눈물을 흘리고, 옥희에게 "너 하나면 된다"라고 말한다.

어느 날 아저씨가 옥희를 통해 어머니에게 보낸 하숙비 봉투에는 종이 같은 것이 들어 있었다. 어머니가 아저씨에게 갖다 드리라고 보낸 손수건에도 종이 같은 것이 들어 있었다.

여러 날 뒤, 아저씨는 짐을 챙겨 떠난다. 오후에 산에 올라간 어머니는 아저씨가 탄 기차가 완전히 사라질 때까지 바라보았다. 산에서 내려온 어머니는 꽃을 끼워 두었던 찬송가 책에서 꽃을 꺼내 버리라고 하고, 매일 사던 달걀도 이젠 사지 않는다.

「사랑 손님과 어머니」는 옥희라는 6세 소녀를 화자로 하여 어린아이의 시선에서 이야기가 진행되는 소설이다. 어린이가 보여 주는 어른들의 사랑 이야기이기에 솔직담백한 전개가 자연스럽고 참신하고 흥미롭다. 어린 여자아이의 눈에 비친 여성 심리의 묘사가 섬세할 뿐 아니라, 젊은 나이에 과부가 된 옥희의 어머니와, 죽은 아버지의 어릴 적 친구로서 소학교 교사로 부임해 와서 옥희네 집 사랑방에 하숙하게 된 사랑 손님의 미묘한 감정도 잘 그려져 있다.

그러나 1930년대 중반 과부에 대한 사회의 통념적 인습 속에서 아이까지 딸린 여자가 재혼하기란 쉽지 않다. 갈등과 희비가 엇갈리면서 결국 어머니와 사랑 손님과의 짧은 사랑의 감정은 끝내 무산되고 사랑 손님은 마을을 떠나게 된다. 사랑 손님이 떠나던 날 어머니와 옥희는 마을 뒷동산에 올라 저 아래 멀리 보이는 정거장과 기차를 내려다본다.

이 단편소설은 읽을 때마다 한 폭의 수채화가 된다. 이 소설을 시작으로 주요섭의 작품은 초기의 신경향파적이고 자연주의적 경향을 확연히

벗어나 여성편향적이고 내면화된 순수문학으로 전환된다. 아마도 1936
년에 『신가정』 기자였던 8년 연하 김자혜와 베이징에서 결혼하며 오랜
만에 신혼 가정의 안정과 평강을 얻은 것이 이유일 수도 있다.

이 소설은 단순히 한 과부와 총각 선생의 사랑 이야기를 넘어 1930년
대 중반 조선 사회에서 여성의 지위 문제에 대한 보고이다. 당시만 해도
사회 통념상 남편을 먼저 보낸 여성은 재가가 허용되지 않았다. 소설 속
두 남녀는 결국 이 통념을 넘어서지 못하고 헤어지고 말았다. 기차를 타
고 떠난 사랑 손님은 다시 돌아올지 어떨지 알 수 없고, 어머니는 설레
는 마음을 달래 주던 풍금에 자물쇠를 채운다.

옥희 엄마의 경우는 또 다른 문제가 있었다. 홀몸이 아니라 양육해야
할 딸이 있었다. 옥희 엄마는 딸을 남들 손가락질받지 않도록 잘 키우고
자 하였다. 이것이 옥희 엄마가 과감하게 새로운 사랑을 시작하지 못한
또 다른 이유일 것이다. 이 소설은 사회 통념에 도전하는 시도보다는 그
저 아쉽고 안타깝지만 이루어지지 않았기에 더욱 아름다운 사랑의 이
야기로 끝나고 있다. 그것은 작품의 한계라기보다 시대의 제약이다.

「사랑 손님과 어머니」는 1961년 신상옥 감독에 의해 영화화되기도 했
다. 영화의 제목은 〈사랑방 손님과 어머니〉로서, 최은희, 김진규, 전영
선 등이 출연했으며 제9회 아시아 영화제에서 그랑프리를 수상한 명작
이다.

성공이란 열정을 잃지 않고 실패를 거듭할 수 있는 능력이다.

— 윈스턴 처칠(Winston Churchill, 1874~1965. 영국의 정치인)

아네모네의 마담

『조광』 1936년 1월호에 발표된 소설. 이 단편에 대해 주요섭은 다음과 같이 회고하였다. "「아네모네의 마담」이 발표되자 소설가 친구들이 찾아와 '오 헨리의 수법을 묘하게 쓴 태는 탄복하지만, 여주인공 영숙이의 귀에 귀고리를 끼워준 건 어색하기 짝이 없어요. 중국·미국 등을 다녀온 주 형은 귀고리 낀 여성들을 봤겠지만 지금 우리나라에서 귀걸이 낀 여자를 어디서 볼 수 있단 말요. 아무리 모던한 걸들도 귀고리 낀 것 보지 못했는데.' 하고 항의했다. 나로서도 변명할 도리가 없었다. 지금과는 달리 그 당시 귀고리 끼는 여자는 서울에서도 없었다."

세상에 다른 아무 존재도 없이 오직 영숙이만이 있다는 듯이
그 두 눈은 영숙이를 바라다보는 것이었다.

등장인물

영숙　티룸 아네모네의 마담. 추근거리는 남자 손님들의 농담에도 융통성 있게 대처할 수 있을 만큼 마담 생활에 익숙해져 있지만, 아무 말 없이 자신만 응시하는 젊은 학생 손님에게 자꾸만 신경이 쓰인다.

학생　한 달 전부터 아네모네에 자주 나타나는 손님. 별다른 말 없이 슈베르트의 〈미완성 교향악〉을 신청하고 카운터에 서 있는 영숙을 바라보기만 한다.

친구　학생의 친구. 가끔은 아네모네에 동행하지만 그 역시 말없이 앉아 있기만 한다.

아네모네의 마담

1. 찻집의 마담 영숙이 귀고리를 하고 나타난다

티룸 아네모네에 마담으로 있는 영숙이가 귀고리를 두 귀에 끼고 카운터 뒤에 나타난 날 아네모네 단골손님들은 영숙이가 머리를 움직일 때마다 한들한들 춤을 추는 그 자줏빛 귀고리의 아름다움을 탄복하였다. 아니 그보다도 그 귀고리가 가져온 영숙이 자신의 아름다움에 황홀하였다.

"아, 고것이 귀고리를 달구 나서니 아주 사람을 녹이네그려."
하고 한편 구석에서 차를 마시다 말고 수군거리는 사람도 있고,

"어, 마담이 아주 귀고리루 한층 더 뛰어서 귀부인이 되었는걸, 허허허."
하고 크게 웃는 사람도 있고,

양주 두어 잔에 얼굴이 붉어진 신사 한 분은 돈을 치르러 와 가지고,
"그 귀고리 참 곱다."

하면서 귀고리를 만지는 체하며 영숙의 매끈한 뺨을 슬쩍 만지는 것이었다.

오늘 영숙의 가슴은 사탕 도적질해 먹다가 들킨 어린아이 가슴처럼 죄이고 불안스러웠다.

그는 몇 번이나 변소로 들어가서 콤팩트를 꺼내 그 똥그란 면경에 비치는 얼굴, 아니 귀고리를 보고 또 보았다. 카운터 뒤에 나서서도 크게나 작게나 손님들이 귀고리에 대해서 무슨 말을 할 때마다 그는 그 한들한들하는 귀고리를 손으로 어루만졌다. 그리고 거리로 통한 출입문이 열릴 때마다 그의 얼굴은 금시로 홍당무같이 빨개지고 두 손끝은 바르르 떨리는 것이었다.

문이 열릴 때마다 가슴이 내려앉는 것 같았다. 그는 기다리는 것이었다. 마치 자기 일생에 가장 큰 운명을 지배할 한 사건이 그 문을 열고 들어설 때를 기다리는 것처럼 조바심이 되는 것이었다.

문이 열릴 때마다 무슨 무서운 것을 예기하는 사람처럼 힐끗 그쪽을 바라다보는 것이었다. 바로 바라다보지 못하고 힐끗 도적질해 보는 것이었다.

문이 방싯이 열렸다. 영숙이는 힐끗 문 쪽을 넘겨보았다. 시꺼먼 사각모가 보였다. 사각모 아래 창백한 얼굴이 보였다. 문을 조심스레 미는 손이 보였다. 전문학교 학생의 제복이 보였다. 그 순간 영숙은 가슴이 내려앉았다. 그는 도망을 가듯이 고개를 숙여 카운터 뒤에 뚫린 판장문 밖으로 나갔다. 귀고리가 판장문에 부딪치어 옥을 굴리는 듯한 쨍그렁 소리가 났다. 물론 그 소리는 영숙이 혼자가 들을 수 있던 것이다.

영숙이는 차 끓이는 화덕 앞을 지나 변소로 또 들어갔다. 변소 문을 안으로 잠그고 그는 잠시 두 손을 가슴에 대고 오두마니 서 있었다.

"어떡할까?"

하고 그는 스스로 물었다. 그는 콤팩트를 꺼내 그 조그만 면경에 비친 콧잔등을 들여다보았다. 그는 무의식하게 분가루를 콧잔등에 두세 번 찰삭찰삭 두드렸다. 그러나 그가 콤팩트 면경을 꺼낸 목적은 거기 있는 것이 아니었다. 그는 살짝 고개를 돌려 똥그란 면경 앞에 나타나는 귀고리를 보았다. 귀고리가 한들한들 떨리었다.

"고만 빼고 말까?"

하고 그는 생각하였다.

그 순간 그는 결심한 듯이 콤팩트를 핸드백 속에 홱 집어넣고 살그머니 카운터 뒤로 기어나왔다. 그는 고요히 차점 앞을 휘둘러보았다. 역시 저편 그 구석 자리에 그 학생은 와 앉아 있는 것이었다. 언제나와 마찬가지로 그 학생은 지금 영숙이를 정면으로 바라다보고 있는 것이었다. 그 언제나 무엇을 열망하는 듯한, 열정에 타고 넘치는 듯한 그 눈모습으로!

영숙이는 얼굴이 화끈 다는 것을 인식했다. 그러자 귀 밑에 달린 귀고리가 찰락찰락 뺨을 스치는 것도 인식하였다. ― 귀고리가 차기도 차다 ― 하고 그는 생각하였다.

축음기 소리판에서는 '뚜뚜르두두, 뚜뚜르두두' 하고 박자 잰 재즈가 숨이 찰 듯이 쏟아져 나왔다. 영숙이는 빨개진 자기 얼굴을 어둠 속에 감추고 서서 소리판을 한 장씩 한 장씩 골라내고 있었다. 여러 장을 제

치고 나서 영숙이는 소리판 한 장을 들고 물끄러미 들여다보았다.

이 소리판 한 장! 영숙이에게 이상스러운 인연을 가져다 준 소리판 한 장이었다.

2. 영숙이 귀고리를 한 건 어느 학생의 관심을 끌기 위해서이다

그것은 아마 약 한 달 전 일이었다. 하얀 저고리를 입은 보이가 한 벌 접은 하얀 종이를 영숙에게 전해 주던 것이! 그리고 보이는 고개로 저편 한구석에 혼자 앉아 있는 어떤 제복 입은 학생을 가리켰다. 그 학생을 바라다본 영숙의 첫인상이 '몹시도 창백한 얼굴'이었다. 그 창백한 얼굴에서 발사되는 두 개의 시선, 그것이 영숙이를 이상스런 감정으로 인도하는 것이었다. 그 두 눈은 뚫어질 듯이 영숙이 저를 주시(注視)하는 것이었다. 그 눈모습은 마치 몹시 사랑하는 애인을 건너다보는 순결하고도 열정에 찬 그러한 눈이었다.

영숙이는 얼른 그 시선을 피하면서 종이를 펴들었다. 영숙이 가슴속에서는 무엇이 털석 소리를 내고 떨어지는 듯싶었다.

'슈베르트의 미완성 교향악을 한 장을 틀어 주시면 고맙겠습니다.'

오직 이것이었다. 영숙이는 다시 그 학생을 건너다보았다. 역시 열정에 찬 두 눈이 그를 집어 삼킬 듯이 바라다보고 있는 것이었다.

영숙이는 그 소리판을 찾아서 축음기 위에 걸어 놓았다.

심포니의 조화된 멜로디가 담배 연기로 자욱한 방 안 구석구석에 울릴 때 그 학생은 잠시 빙그레 웃었다. 그 웃음은 창백한 탓이었던지 어째 몹시 구슬픈, 고적한 미소였다. 그러나 그 다음 순간 그 학생은 눈을 스르르 감았다.

영숙이에게는 이 학생의 얼굴은 어디서 한두 번 보았던 듯한 낯익은 얼굴이었다. 어디서 보기는 분명 보았는데 언제 어디서인지를 꼭 집어낼 수 없는 그런 어슴푸레한 기억이었다. 아마도 그 학생이 찻집에를 더러 왔을 테니까 아마 이전에 무심히 몇 번 보았을 것이었다. 그러나 그 학생의 얼굴이 그렇게 창백하고 그 두 눈이 그렇게 열정과 애수에 차 있는 것은 이날 밤 비로소 처음 보는 듯싶었다.

영숙이는 가끔 곁눈으로 이 학생을 바라다보았으나 그의 마음은 심포니의 음률을 타고 허공으로 떠돌아다님인지 그는 눈을 감은 채 죽은 듯이 앉아 있었다. 소리판 한 면이 다 끝나고 스르르 턱 하고 멎자 그학생은 눈을 번쩍 떴다. 영숙이는 얼른 외면을 하고 축음기 바늘을 바꾸어 끼웠다.

그날 저녁 이후에 서너 번이나 영숙이는 보이를 통하여 그 창백한 얼굴의 소유자로부터 편지를 받았다.

'슈베르트의 미완성 교향악'

오직 이런 간단한 문구뿐이었다.

그 학생은 매일 왔다. 매일 저녁 아홉 시쯤 되면 와서는 그 구석에 마치 자기가 정해 논 자리라는 듯이 꼭 한 자리에 가 앉아서 홍차 한 잔 마시고는 두 시간가량 앉았다가 가는 것이었다. 그는 와 앉아서는 정해 놓고 영숙이를 바라다보는 것이었다. 세상에 다른 아무 존재도 없이 오직 영숙이만이 있다는 듯이 그 두 눈은 영숙이를 바라다보는 것이었다. 애원과 욕망과 정열에 가득 찬 눈이었다. 그런데 영숙이는 첫날부터 이 시선이 반가운 것을 감각한 것이다. 어떤 때는 너무도 시선이 변치 않고 한 곳에만 머물러 있는 것이 어째 남의 주의를 사게 되지 않을까 하여 염려되는 때도 있었으나 그가 용기를 내어 그 학생 쪽으로 돌릴 때 잠시라도 그 학생의 시선이 딴 데로 옮겨진 것을 발견할 때는 어째 서운한 생각이 드는 것이었다.

어떤 날 밤에는 한번 그 학생이 들어오는 것을 보자 영숙이는 자진하여서 〈미완성 교향악〉을 축음기에 걸어 놓았다. 역시 그 구석에 혼자 앉았던 그 학생은 이 낯익은 음악이 들려오자 잠시 빙그레 웃었다. 역시 그 어딘가 구슬픈 빛이 감추어 있는 그런 웃음이었다. 영숙이는 얼굴뿐 아니라 제 전신이 빨갛게 물드는 것 같은 느낌을 얻었다. 혹 실없은 사내들이 가끔 농담을 걸기도 하고 돈 치르는 체하고 슬적 손목을 잡아 보기도 할 때에는 얼굴을 붉히지 않으리만치 벌써 '마담' 생활에 익숙해진 영숙이었다. 그러나 이 말없는 시선 앞에서는 어쩐 일인지 전신이 수줍음으로 휩싸이는 것 같은 느낌을 억제할 수 없는 것이었다.

가끔 이 학생은 다른 학생 하나와 둘이서 올 때도 있었다. 둘이 와서도 그들은 남들처럼 이야기를 하거나 하지도 않고 둘이 다 벙어리 모양으로 우두머니 앉아서 한 학생은 담배를 피우며 천장이나 바라다보고 있고 이 학생은 역시 영숙이만 바라다보는 것이었다. 그러다가 〈미완성 교향악〉이 나오면 그는 역시 잠시 빙그레 웃을 뿐이었다. 이 빙그레 웃는 모양을 보면 영숙이는 몹시도 기쁘기도 하고 몹시 슬프기도 한 야릇한 경험을 맛보는 것이었다. 그래서 이 빙그레 웃는 구슬픈 미소를 보기 위하여 어떤 날 밤에는 영숙이는 〈미완성 교향악〉을 세 번 네 번씩 걸어 놓기도 하였었다.

그 학생은 그렇게도 영숙이를 열정에 찬 눈으로 바라다보면서도 한 번도 다른 학생들처럼 영숙이와 수작을 건네 보는 일이 없었다. 아니 카운터로 가까이 오는 일도 일체 없었다. 찻값도 반드시 보이에게 물고 가고 한 번도 친히 카운터에 와서 내는 법이 없었다.

영숙이는 그 학생의 이름도 기실 모르는 것이었다. 그러나 웬일인지 오직 한 번만이라도 그 학생과 평범한 이야기나마 주고받아 보았으면 하는 욕망이 걷잡을 수 없이 끓어오르는 때가 가끔 있었다.

"왜 사내가 저렇게 용기가 없어? 슈베르트의 미완성 교향악만 자꾸 써 보내지 말구 '내일 오후 두 시에 아무 데서 좀 만날 수 없을까요?' 이렇게 좀 못 써 보낸담!"

하고 혼자 야속스럽게 생각한 때도 가끔 있었다. 사실 영숙이는 여러 사나이에게서 좀 만나자는 둥, 사랑의 여신이라는 둥, 나의 천사라는 둥 하는 문구를 늘어놓은 편지를 받았었다. 그러나 그는 한 번도 그 사나이들과 조용히 만나 본 적은 없었었다. 그러나 만일 이 이름도 모르는 학생이 그런 편지를 한 번만 보낸다면 그는 곧 춤이라도 출 듯싶었다.

요새 와서는 이 학생은 〈미완성 교향악〉을 듣고 있는 동안 상 위에 두 팔을 올려놓고서 그 속에 머리를 파묻고 죽은 듯이 엎디어 있는 것을 가끔 본 일이 있었다. 어쩐 일인지 영숙이에게는 이 학생이 그처럼 엎디어

소리 없이 우는 것같이 생각되는 것이었다. 소위 제육감이라고 할까 하여튼 무슨 몹쓴 고민과 슬픔을 품은 것같이만 보였다. 그리고 그 고민의 원인이 영숙이 자신에게 있는 것이나 아닌가 하여 퍽이나 송구스럽고 번민되었다.

"왜 나한테 모든 것을 털어놓고 이야길 하지 않노?"
하고 영숙이는 가끔 초조하고 원망스러운 눈으로 학생을 바라다보는 것이었다.

영숙이는 자기 자신도 인식하지 못하는 가운데 자연히 몸맵시에 대하여 더 한층 주의를 하게 되었다. 그리고 어떻게 했으면 이 학생과 잠시라도 이야기를 해 볼 도리가 없을까 하고 궁리궁리하던 끝에 마침내 이 귀고리를 사게 된 것이었다. 귀고리를 끼고 나서면 조선 여자에게는 흔치 않은 일이라 필연코 그 학생도 '귀고리가 곱다' 든가, '얼굴과 어울린다' 든가 하는 핑계로 무슨 말이고 건네어 보게 될 것을 바랐던 것이다.

3 〈미완성 교향악〉으로 인해 소동이 벌어진다

영숙이는 지금 자기가 골라 든 〈미완성 교향악〉 소리판을 들고 방금 뱅글뱅글 도는 재즈가 끝나기를 기다렸다. 그 학생은 웬일인지 오늘 밤은 벌써부터 상 위에 올려놓은 두 팔 속에 머리를 파묻고 있는 것이었다. 함께 온 다른 학생은 담배를 피워 물고 앞에 엎드린 친구를 무슨 불쌍한 동물이나 바라보듯이 딱한 표정으로 바라다보는 것이었다.

— 자기 자신이 용기가 없으면 저 학생을 통해서라도 내게 말 한마대만 해 주면 될 것을 — 하고 영숙이는 그 학생의 행동이 안타깝게 생각되었다.

그때 온 방 안 공기를 쯔렁쯔렁 울리던 재즈 소리가 뚝 끊치고 스르르 스르르 턱 하더니 축음기가 멎었다. 영숙이는 바늘을 갈아 끼우고 재즈판을 들어내 놓고 〈미완성 교향악〉을 걸었다. 그 학생이 자기를 바라다보며 빙그레 웃을 그 창백한 얼굴을 연상하면서 영숙이는 판을 돌리고 그 위에 바늘을 얹어 놓았다.

곱고 조화된 음률이 방 안을 가득 채웠다. 영숙이는 고개를 돌려 그 학생을 바라다보았다. 귀고리가 찰삭찰삭 그 뺨을 스치었다 — 귀고리가 매끄럽기도 매끄럽다 — 하고 그는 생각하였다.

웬일일까? 그 학생은 빙그레 웃어 보이기는커녕 두 팔 새에 파묻은 얼굴을 들지도 않는 것이었다. 영숙이는 이해할 수 없어서 멀거니 그쪽을 바라다보았었다.

얼마 동안의 시간이 흘렀다. 심포니의 음률은 방 안 구석구석을 신비경으로 변화시키는 것처럼 유아하고(그윽하며 품위 있고) 신비스러웠다.

그러자! 그것은 마치 일종의 벼락처럼밖에 더 생각되지 않았다. 영숙이는 그때 그 순간에 돌발한 괴이한 사건을 순서적으로 기억할 수는 없었다.

"그때 그래 무슨 일이 생겼어?" 하고 누가 물으면 영숙이는 도무지 그 갈피를 찾아서 이야기할 수가 없었다. 도무지 예기하지 못했던 돌발 사건이 생기는 때 사람의 신경은 놀라고 마비되어 그 사건 진행의 모양을 순서적으로 기억할 수는 없게 되는 것이다.

하여튼 영숙이가 본 바는 창백한 얼굴이었다. 상 위에서 번개처럼 휙 올라오는 창백한 얼굴이었다. 그러고 그와 동시에 그는 무슨 고함 소리를 들은 것처럼 기억되었다. 마치 고막을 찢을 듯이 강렬한 무슨 외침이었다. 그 고함 소리가 무엇이라고 말했는지는 조금도 기억이 나지 않았다. 그 소리가 그 학생의 입에서 튀쳐나왔다는 것만은 기억이 되었다.

그리고 그 다음 순간 영숙이는 카운터 앞에 선 그 학생을 보았다. 성난 호랑이처럼 씩씩거리는 그 숨소리를 똑똑히 들었다. 그러자 무엇이 와지끈 하고 깨졌다. 음악 소리는 뚝 끊치고 사람들의 비명 소리가 들렸다. 영숙이는 귀고리가 찰삭찰삭 뺨에 와서 스치는 것도 감각하지 못하리만치 어안이 벙벙해지고 말았다.

그 뒤에는 한참 동안 혼란이 있었다. 사람들이 외치는 소리가 들리고 창백한 얼굴의 소유자와 함께 왔던 학생이 무엇이라고 온 방 안을 향하여 몇 마디 소리를 지르고, 그러고는 영숙이보고도 무엇이라고 한두 마디 했지마는 영숙이는 그 말을 깨달아 들을 수가 없었다. 그리고 그 다음 순간 영숙이는 학생에게 끌려 문밖으로 나가는 창백한 얼굴을 보았다.

한참 동안 와글와글 온 방 안이 끓었다. 영숙이는 넋을 잃은 사람처럼 교의 위에 한참을 주저앉아 있었다. 축음기에서 다시 음악 소리가 울려 나올 때 비로소 영숙이는 정신을 수습하였다. 카운터 위에는 보이가 주워서 올려 놓은 깨진 소리판이 여러 조각 놓여 있었다. 깨진 소리판은 슈베르트의 〈미완성 교향악〉이었다.

4. 학생의 친구가 다시 찾아와 사정을 이야기해 준다

한 두어 시간쯤 뒤에 아까 창백한 얼굴의 소유자와 함께 와 앉았던 학생이 혼자서 다시 왔다. 그는 방 안을 한 번 휘둘러보더니 카운터로 가까이 와서 카운터 위에 한 팔을 기대고 섰다. 그는 우선 아까 수선통에 물지 않고 갔던 찻값을 물고 그러고는 소리판 값으로 3원을 더 내놓았다.

"참으로 미안합니다."

하고 그는 거의 귓속으로 영숙이에게 사과를 표하였다. 아까 그 소란이 있을 때 앉았던 손님은 다 가고 새로 손님들이 들어온 고로 손님들은 아까 소란을 모르는 모양이었다. 그래서 아무도 이 학생의 이야기를 들으려 모여들지 않았다. 오직 보이만이 곁에 와 서서 귀를 기울였다. 그 학생은 설명을 계속하였다.

"이야기를 대강이라도 들으시면 용서해 주실 줄 믿습니다. 아까 그 학생은 내 가까운 친구입니다. 아주 똑똑한 수재지요. 그런데 운명의 장난인지 그는 어떤 남편 있는 부인을 사랑하게 되었습니다. 그 부인은 하필 다른 사람이 아니고 바로 우리 학교 교수 되는 이의 아내입니다. 언제 어디서 어떻게 기회가 되어서 서로 사랑하게 되었는지는 나도 잘 모릅니다. 또 지금 길게 이야기할 필요도 없겠지요.

하여튼 두 사람의 사랑은 순결하고 또 열렬하였습니다. 그러나 이러한 세상에 있어서 그 사랑은 언제까지나 비밀일 수밖에 없었습니다. 현 사회에서는 매음 같은 더러운 성관계는 인정하면서도 집안 사정상 별로 달갑지 않은 혼인을 한 젊은 여인이 행이랄까 불행이랄까 남편 외에 딴 사람에게 그 고귀한 한 사람이 한 번만 가져 볼 수 있는 첫사랑을 바칠 수 있는 대상을 발견할 때 우리 사회는 그것을 조금도 용서치를 않으니까요! 그 사랑이 얼마나 순결하고 얼마나 열정적인 것을 이해할 수 있는 사회도 아니고 또 이해해 보려고 하지도 않는 사회니까요. 더러운 기생 외입(남자가 아내가 아닌 여자와 부적절한 관계를 가지는 일)은 묵인하면서도 순결하고 고귀한 사랑은 그 사랑의 대상이 한 번 다른 사람과 결혼한 사람이라는 다못 한 가지 이유하에 기생 외입보다도 더 나쁜 일처럼 타매(더럽게 생각하고 경멸스러워하며 욕함)하고 비방하는 그런 우스운 사회니까요. 이거 설교가 너무 길어졌습니다.

하여튼 두 분의 사랑은 퍽이나 불행했습니다. 더구나 약 한 달 전에 그 부인이 병환으로 병원에 입원을 하게 되었습니다. 떳떳한 사이 같으면야 아침부터라도 병원에 가서 살 수도 있으련만 두 사람의 관계가 그쯤 되고 보니 어디 내놓고 문병인들 갈 수가 있나요? 만일 이 사회에서 조금이라도 이 연애 관계를 알게만 된다면 이 사회는 통 떠들어 가지고 그 부인을 무슨 파렴치한이나 화냥년처럼 타매할 것은 빤한 일이니 어디까지든지 두 분의 사랑은 비밀 속에 감추어 두지 않을 수 없는 처지였지요.

문병도 한 번 못 가고 이 친구는 하루 종일 거리로 싸돌아다니는 것이었지요. 아침마다 한 번씩 병원으로 전화를 걸어서 병의 차도나 물어보고 그러고는 타는 가슴을 움켜쥐고서 헤매는 것이었습니다.

밤이 된들 잠 한숨 잘 수 있겠습니까? 나는 그의 마음을 좀 붙잡아 보려구 이리저리 많이 끌구 다녔지요. 그리다가 그 친구는 마침내 이 아네모네에 애착을 느끼게 되었답니다. 첫째 그는 여기서 슈베르트의 미완성 교향악을 들을 기회가 있는데 기뻐한 것이지요. 그 친구의 말에 의하면 이 슈베르트의 미완성 교향악은 두 분 연인 사이에 가장 아름다운 추억을 실은 레코드인 모양입니다. 하로 종일 가슴속이 바작바작 타다가도 여기 와서 그 교향곡 한 곡조를 듣고 앉아 있으면 옛날 아름다운 기억들이 마음속에 끓어오르고 마치 그 부인과 함께 어떤 아름다운 동산을 거닐고 있는 것 같은 그런 느낌을, 예, 잠시나마 그런 아름다운 환상에 취할 수 있고 어쩐지 병도 그리 중하지 않고 곧 나아질 것처럼, 마치도 그 음악의 선율이 그 부인을 어루만져 병을 쾌차시킬 것 같은 그런 환상에 잠겨진다구요.

또 그뿐 아니라 저기 저 그림!"
하면서 그 학생은 영숙이 등 뒤에 있는 벽을 가리켰다.

"저 그림은 그 유명한 모나리자가 아닙니까?"

영숙이는 힐끗 돌아다보았다. 거기에는 커단 〈모나리자〉 그림이 걸려 있는 것이었다. 영숙이가 카운터에 서 있으면 바로 머리 뒤로 그 그림이 보일 것이었다. 영숙이는 몸을 떨었다. 귀밑을 살작살작 스치는 귀고리가 — 따갑기도 하고나 — 하고 느껴졌다. 그 학생은 이야기를 계속하였다.

"그 친구는 저 모나리자를 바라다보기 위하여 아마 거의 매일 밤 왔지요. 교향악은 다른 찻집에서도 들을 수 있지마는 저 모나리자를 걸어 논 집은 이 서울 장안에 여기 한 곳밖에 없으니까요.

모나리자! 그 친구는 자기 애인을 모나리자라고 불렀답니다. 애인의 얼굴이 저 그림과 같은 것은 아닙니다. 그러나 이상한 일로 얼굴 모습은 완전히 다르면서도 그 부인이 빙그레 웃을 때에는 꼭 저 모나리자를 연상시킨다 합디다. 그래서 그 친구는 애인의 사진 대신으로 모나리자를 집 벽에도 걸어 놓았지요. 그러나 방 안에 앉아서 그 모나리자를 바라다보면 가슴이 터져 오는 고로 밤마다 이곳에 와서 저 그림도 바라다보고 또 그 미완성 교향악도 듣고 이렇게 그의 혼란한 마음을 위안시켜 왔던 것입니다.

그런데, 그런데, 아까 저녁때 입원했던 그 부인이 고만 세상을 떠났습니다. 거의 미친 사람처럼 된 친구를 겨우 이리로 끌고 왔었는데 그만 그 미완성 교향악이 그의 가슴을 찢어 놓았나 보아요. 사정이 그만하니 아까 그 행동은 용서해 주시기 바랍니다. 참으로 미안했습니다. 주인 들어오시거든 말씀이나 잘 들려 주십쇼. 난 또 어서 가 보아야겠습니다."

5. 다음 날 귀고리를 하지 않은 영숙을 두고 손님들이 수군거린다

이튿날 밤.

찻집 아네모네에서는 언제나 그런 것처럼 재즈 소리가 흘러나왔다. 방 안 공기도 어느새 담배 연기로 안개 낀 것처럼 자욱해 있었다.

"아, 그런데 이 마담이 웬 변덕이 그리 많아? 어제 귀고리를 새로 낀

것이 썩 어울린다구 야단들이기 한번 보려구 일부러 왔는데 그 귀고리
어쨌소 그래?"
하고 어떤 사나이가 주절거렸다.
　영숙이는 아무 대답도 없이 그저 빙그레 웃어 보일 따름이었다. 그 웃
음은 어딘가 구슬프고 고적한 기분이 띤 웃음이었다.

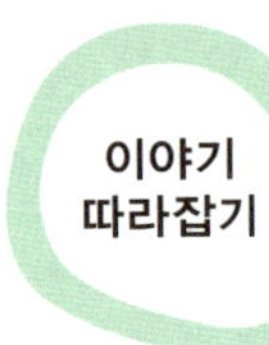

「아네모네의 마담」은 아네모네라는 다방의 마담인 영숙의 전문대 학생에 대한 짝사랑 이야기이다. 다방에 자주 오던 그 학생은 항시 슈베르트의 〈미완성 교향악〉만을 신청하고, 음악이 울려퍼지면 영숙을 뚫어지게 바라보곤 한다. 그러나 그뿐, 영숙에게는 이상하리만치 접근하지 않았다. 영숙이 이 점에 대해 매우 안타깝게 생각했다. 자기를 좋아한다면 왜 말을 못 하는 걸까?

어느 날 영숙은 당시 조선에서는 하는 사람이 별로 없는 귀고리를 달고 다방에 나타난다. 귀고리를 보면 그 학생도 무슨 말인가 건네올 거라고 기대해서이다. 마침내 학생이 다방에 들어서고 영숙은 그가 항상 신청하는 〈미완성 교향악〉을 튼다. 음악이 퍼져 나가자 학생은 벌떡 일어나 카운터로 돌진하고, 〈미완성 교향악〉 음반을 부숴 버린다.

나중에 변상을 하러 온 친구의 말에 따르면 그 학생은 교수 부인을 남몰래 사랑하였으나 그 부인이 결국 병으로 죽었기에 짝사랑하던 슬픔을 견디지 못하고 그 난동을 부린 것이다. 다방에 오면 신청하는 곡 〈미완성 교향악〉도 교수 부인과의 이루어지지 못하는 사랑을 떠올리게 하는 음악이고, 그가 자주 카운터 쪽의 영숙을 바라본 것도 사실은 그 뒤에 걸려 있는 레오나르도 다 빈치의 〈모나리자〉 복사 그림을 보기 위한 것이었다. 대학생은 교수 부인을 모나리자로 미화시켰던 것이다. 모든 것이 착각이었음을 깨달은 영숙은 극도의 허탈감에 빠져 버린다.

이 소설은 무지의 결과로 생겨난 짝사랑 이야기이다. 서로 다른 대상을 향한 엇갈리는 사랑의 감정을 담담하게 그려냈다. 마지막 부분에 예상치 못한 반전을 만들어 내는 구성은 오 헨리의 소설을 연상시킨다.

주요섭은 남녀 간의 섬세한 사랑의 감정을 조용한 자세로 관찰하고 그것을 반어적 수법으로 조명하며 사랑의 감정이 어떻게 싹트고 어떻게 좌절되는지를 보여 준다. 「사랑 손님과 어머니」에서처럼 이 작품에서도 학생과 교수 부인의 사랑이 기존의 윤리에 의해 좌절되고 있다. 거기에 찻집 아네모네의 마담 영숙의 일방적인 감정도 좌절되는 것이 이 소설의 묘미이다.

이 이야기는 조선 사회가 급격한 근대화를 겪었던 1930년대, 자유연애의 한 단면이기도 하다. 사람들은 사랑을 원하지만 그로 인해 허망하고 우스운 이야기를 만들어 내기도 한다. 하지만 사랑이란 이룰 수 없을 때 더 강렬하고 순수하고 아름다운 것 아닌가?

추물

『신동아』 1936년 4월호에 발표된 단편소설. 주요섭은 그의 대표작이라고 알려진 「사랑 손님과 어머니」보다, 이 「추물」이 가장 애착이 간다고 말한 바 있다.

아무리 황소 같기로니, 아무리 꺼꺼대거니, 아무리 개발코거니,
아무리 언청이거니 그도 젊음과 건강이 용솟음치는 한 개의 여자였다.

등장인물

언년이　　못생긴 얼굴 때문에 어려서부터 손가락질을 받고, 남편에게는 버림받는 불행한 인생을 사는 여인. 늙은 물지게꾼과의 사이에서 아이를 갖게 되자, 예쁜 딸의 엄마가 되어 자신의 불행을 보상받으려는 꿈을 꾼다.

남편　　언년이 부모가 매파를 통해 혼인시킨 남편. 첫날밤에 언년이의 외모를 보고는 신방을 뛰쳐나가고, 그 후에도 언년이를 보기도 싫어하다가 일본으로 떠나 버린다.

봉네 어미　　언년이의 사촌 형뻘 되는 친척. 언년이가 서울에 올라오자 기차역까지 마중을 나와 주고, 언년이가 서울 생활을 하도록 일자리를 알아보는 등 도움을 준다. 그러나 너무 못생겨서 남편에게 버림받았다는 속사정까지 소문을 내는, 생각 없는 인물이다.

추물

1. 언년이는 어려서부터 못생겼다고 주위의 놀림을 받았다

언년이가 아기를 뺐다는 일은 언년이 자신이 생각할 적에도 거짓부렁이처럼 생각되었다.

언년이를 한 번만 본 사람으로 누구나 다 언년이가 아기 뺐다는 소문을 들으면,

"원 그것두 그래두 서방이 있는 게지, 하하."

하거나,

"아니 세상에 그걸⋯⋯."

하거나 하고 무슨 큰 기적이나 되는 듯이 서로 권하고 웃었을 것이었다.

그처럼 언년이는 얼굴이 못생기디못생긴 추물이었다. 툭툭 불거진 이마가 떡을 두어 말 치리만치 넓은 데다가 그 밑에 툭 불거진 두 알의 왕방울 눈은 붕어를 연상시키었다. 두 눈이 툭 불거진 사이로 콧마루는 아주 없는 셈이어서 이른바 '꺼꺼대 상판' 인 데다가 펀펀하게 내려오던 코

가 입 바로 위에까지 와서는 몽톨하게 솟아오른 콧잔등 좌우쪽으로 개발코가 벌룩벌룩하였다. 윗입술은 언청이(입술갈림증이 있어서 윗입술이 세로로 찢어진 사람을 낮잡아 이르는 말)가 되어서 왼편이 버그러졌는데 아랫니는 버드렁니가 되어 언제나 입을 꼭 다물 수는 없는 형편이었다. 턱은 웬일인지 앞으로 삐죽 내어 버티어서 고개를 숙이고 있어도 남 보기에는 언제나 쳐들고 있는 듯이 보이는 것이었다.

서양서는 언젠가 추물 대회를 열어서 가장 밉게 생긴 여자를 뽑아서 추물 여왕을 삼고 무슨 상을 주었다던가 어쩐가 하거니와 우리 언년이가 그때 그 대회에 참석할 수만 있었던들 여왕은 떼 논 당상이었을 것이었다.

조물주가 하도 할 일이 없어서 갑갑했던지 이런 실없는 장난질을 한 모양인데 그래도 그 얼굴에서 취할 데가 있다면 그 두 귀일 것이다. 자세히 보면 그 두 귀는 보통 귀 이상으로 곱게 생긴 귀였다. 그러나 도리어 이것이 미운 얼굴의 조화를 깨뜨리어 그 얼굴을 더 한층 밉게 만드는 것이었다. 차라리 그 귀가 넙적 펀펀하고 좀더 올라붙거나 좀 더 내리붙거나 했던들 얼굴의 조화는 망치지 않았을 것이었다.

예수는 이천 년 전에 '사람을 외모로 비판하지 말라'고 가르치었지만 '원수를 사랑하라'는 그의 가르침이 지상 공문으로 내려온 것과 마찬가지로 이 진리의 가르침도 또한 시행되어 보는 일이 없는 것이었다. 역시 사람은 무엇보다도 먼저 외모를 보는 것이고 외모가 훌륭하면 속에는 개차반을 품고 다녀도 높은 사람이 되었고, 특히 여자에 있어서 얼굴의 미는 거의 그 일생을 결정 짓는 가장 중요한 요소로 되어 있는 것이었다. 이러한 세상에서 추물인 우리 언년이는 불행할 수밖에 별수가 없었던 것이다.

어려서부터도 언년이는 별명도 많았다. '토끼'니, '꺼꺼대'니, '개발코'니, '황소'니, '언청이'니 하는 별명들로 불렸고 서울을 와서는 '원숭이'니, '금붕어'니 하는 새로운 별명을 다 얻었다. 사람은 어려서부터 불구자나 추물의 불행을 멸시와 놀림감의 가장 좋은 대상으로 삼는 잔인성과 비열을 누구나 가지고 있다. 아마 자기는 그래도 저것보다야 낫지 하는 일종 열등감의 자기 만족을 얻는 데 희열을 느끼는 모양이다.

물론 언년이는 아주 어려서부터 이 놀림은 받아 왔다. 그러나 어려서는 그가 자기 얼굴이 그처럼 못난 데 대해서 별로 큰 설움을 느끼지는 않았다. 동무들이 하도 따라다니며 놀려 대면 한바탕 싸우고 나서는 잠시 훌쩍거리기도 했으나 오 분이 못 되어 다 잊어버리고 또다시 그 짓궂은 애들과 더불어 숨바꼭질도 하고 따재먹기도 하는 것이었다.

언청이가 된 입으로 음식을 먹는 것을 보고 '토끼 새끼처럼 호물호물 먹는다'고 할아버지가 머리를 쓰다듬으면서 웃음의 말씀을 하던 시절이 어느덧 지나가 버리고 동리 총각들이 꼴을 베다 말고 모여 앉아서,

"언년이 말이냐? 토끼처럼 히물히물 먹는 꼴이란!"
하고 박장대소를 하는 시절이 이른 때 차차 언년이는 자기 얼굴에 대한 관심이 갑자기 더럭더럭 자라 가는 것이었다.

그러다가 그녀가 자기 얼굴이 그처럼 못난 것이 너무도 서러워서 차라리 죽어 버렸으면 하고 생각하게까지 된 때는 그녀가 열여섯 살 나던 봄이었었다.

언년이가 물동이를 이고 오다가 먼발치로라도 그 사람이 보이면 혼자서 얼굴을 붉히고 다리가 허둥허둥 어쩔 줄을 모르게 되고 개나리꽃 울타리 안에 숨어 서서 앞길로 지나가는 그 사람을 몰래 도적질해 내다보면서 불룩불룩하는 가슴을 두 손으로 누르고 있었던…… 그 사람의 입으로부터서,

"흥! 꼴에다가, 우물에 가서 네 상판대길 좀 비쳐 봐라."
하는 싸늘한 비웃음을 받고 난 밤에 언년이는 그 우물에다가 얼굴만 비치어볼 것이 아니라 자기 몸 전체를 담가 버리고 싶어졌던 것이었다. 그러나 그렇게까지 되지는 않고 집 뒤 언덕을 타고 졸졸졸 흐르는 작은 시냇물 속에 비친 둥근 달에다가 그 미운 얼굴을 들이밀어 보고 또 들이밀어 보고 하면서 밤새도록 치마끈을 적시고 있었던 것이었다.

2. 언년이는 일 잘한다는 장점을 내세워 시집을 가지만 첫날밤에 남편에게 버림받는다

언년이의 부모도 언년이를 시집보낼 일이 적이 걱정이 되었던 모양이었다. 그래서 꽤 일찍부터 매파(혼인을 중매하는 할멈)를 내세워 먼 동리로 구혼을 시작했던 것이다. 그들도 같은 동리 안에서는 언년이를 데려갈 총각이 없는 줄을 잘 알았기 때문에 먼 동리 모르는 곳으로 시집을 보낼 심산이었던 모양이었다.

"그저 복스럽게 생겼쉔다. 남자로 태어났더라문 주원장(중국 명나라의

첫 번째 황제)이나 상산 조자룡(『삼국지』에 등장하는 장수)이가 됐을 상이디요. 그런데 여자루 태어났으니낀 집안 범절엔 오죽하갔소! 그까짓 상판이 나 빽빽하문 멀 합네까? 그저 후해야디요. 부잣집 맏메느릿감입넨다. 일 년 내내 가야 고뿔 한 번 안 앓구 아츰에 나멩선부툼 글쎄 밥 짓구 농 사하구 하루갈이 조밭 김을 혼자서 맸대문 그만 아니요? 어디 그뿐이 요. 바누질을 어띠키 곱게 하는디! 칠골 안악을 다 뒈뒈 봐야 언년이망 큼 바누질하는 체니(처녀)란 하나투 없디요. 자, 이걸 보소. 이게 그 체니 솜씨웨다레!"

이렇게 매파는 언년이를 묘사하는 것이었다. 그리고 언제나 언년이가 바느질한 저고리를 견본으로 가지고 다니면서 실물을 보라고 펴 놓곤 하는 것이었다. 사실 언년이 바느질은 그 동리에서 유명할 만치 고운 바 느질이었던 것이다. 얼굴로 올 재주가 모두 손가락으로 갔는지. 누가 보 든지 그 언년이가 바느질을 이렇게 곱게 하리라고는 생각도 못 하리만 큼 뛰어난 바느질이었다. 물론 몇 해를 두고 밤을 새워 가며 배운 연습 의 결과이었다. 언년이 어머니는 벌써부터 언년이의 살림 밑천은 오직 '일 잘하는 것'이라는 것을 간파했던지 아주 어렸을 때부터 심하게 언년 이를 가르쳐 주었던 것이었다.

언년이의 바느질 솜씨 견본인 그 저고리가 몇백 번이나 총각을 둔 집 안방에 펼쳐졌는지는 오직 그 매파 노친네 혼자만이 아는 일이다. 매파 의 노력이 성공을 했는지 또 혹은 언년이의 바느질이 성공을 가져왔는 지 하여튼 백 리나 밖에 있는 어떤 농가와 혼사는 성립되었던 것이다.

그러나 첫날밤에 언년이는 소박(아내를 박대함)을 맞고 말았다. 첫날밤

신방을 뛰쳐나간 신랑은 언년이와는 마주 앉기도 싫어하였다. 언년이는 생과부로 있으면서 소처럼 일하였다. 사실 그는 소처럼 건강했고 소처럼 꾸준했고 소처럼 누그러져 있었다. 기회만 주었더라면 소처럼 젖도 듬뿍 내었을 것을!

이리하여 언년이는 남편이 대판엔가 어딘가로 간다고 집을 나가 버린 후에도 시부모를 모시고 여러 해를 있었다.

아무리 황소 같기로니, 아무리 꺼꺼대거니, 아무리 개발코거니, 아무리 언청이거니 그도 젊음과 건강이 용솟음치는 한 개의 여자였다. 날이 갈수록 그녀는 생애의 공허를 느끼고 남편을 원망하는 마음, 사내를 그리는 마음, 미지의 새 세계를 그리워하는 마음이 자꾸만 늘어나는 것이었다.

“팔젤 고티야갓수다.”
하고 사주쟁이 노친네까지 탁 터놓고 이야기해 주었다.

그로서 팔자를 고친다는 오직 한 가지 길은 여러 해 전부터 서울 가 살고 있는 일가집을 찾아가는 일이었다. 언제나 장날처럼 사람들이 득시글득시글 뒤끓는다는 서울로 가 보면 그렇게 사람이 많다니까 자기 미운 얼굴도 그리 유표스럽게(두드러지게) 눈에 띄지도 않을 성싶고, 또 그렇게 떠들석한 속에 묻혀 살게 되면 클클한 심사도 좀 나아지리라고 생각되었던 것이다.

그래서 언년이가 조그만 보따리를 한 개 꿍쳐 이고 시골 정거장에서 경성(서울)행 기차에 몸을 오른 것은 작년 어떤 봄날이었다.

3. 서울에서도 언년이는 자신의 추한 외모를 다시 실감한다

추물

서울에는 챙게원(창경원) 벚꽃 구경이 한창이라고 사람 사태가 날 지경이었다. 정거장에 내리니 저고리에 빨간 헝겊 오라기들을 하나씩 꽂은 시골뜨기 남녀들이 하나 가득 차 있어서 어디로 가야 나갈 구멍이 되는지 알 수 없었다. 그러나 다행히 봉네 어미(이 여자는 언년이의 사촌형 뻘이 되는 사람이었다)가 정거장까지 마중 나와 주었기 때문에 고생 안 하고 찾아갈 수가 있었다.

언년이는 자기도 다른 사람들처럼 빨간 헝겊 오라기를 하나 얻어 가슴에 꽂고 싶었으나 봉네 어미 수다 바람에 어리둥절한 채로 밖으로 끌려나오고 말았다.

"언년이, 서울 구경 첨이디! 너이 새수방한테선 상게 아무 소식도 없니? 데건 관광단이야, 촌에서 꽃구경을 오누라구. 우리두 오늘 밤엔 챙게원에나 가야디. 이 구름다리루 올라가야 돼. 너머디디 말구 발아랠 잘 보라구! 차표 어드캣나? 꺼내 들구 있다가 주구 나가야디."

서울 온 지 오 년이 넘었건만 봉네 어미는 시골 사투리를 떼어 버리지 못한 것이었다.

"데건 뎐차디! 이제 또 데 뎐찰 타구 한참 가야 우리 집이 돼. 데 집덜? 그까짓거이 무어 큰가? 이제 보라우. 참 훌륭한 집이 많디. 이제 차차 다 구경하디."

이 모양으로 서울 구경 첨 하는 언년이보다도 봉네 어미가 더 신이 나서 지껄이는 것이었다. '이 모든 훌륭한 것을 나는 벌써 모두 잘 알고 있다' 하는 자랑스러운 맘이 언년이 앞에서 걷잡을 수 없이 발동되었기 때문이다. 아마도 봉네 어미로서는 이렇게 남 앞에서 뺀 내 본 일이 일생에 이번 한 번밖에 없었다고 말할 수 있을 것이다.

그날 밤으로 언년이는 봉네 어미와 그 밖에 처음 보는 여자들 몇과 함께 챙게원으로 벚꽃 구경을 갔다.

말이 꽃구경이지 사실인즉 사람 구경을 가는 것이라. 하지만 하여튼 사람이 그렇게도 많이 한곳에 모인 것을 처음 보는 언년이는 그저 입을 헤하니 벌리고 섰을 수밖에 없는 것이었다.

몇 해 전에 한번 예수쟁이 양고자가 왔다구 왼 동리가 떠들썩할 적에 키가 구 척이요, 홀태바지(통이 매우 좁은 바지)를 입은 사람이 머리는 노랗고, 눈은 새파랗고…… 그날 밤 꿈자리가 다 사납도록 괴상스런 양고자를 본 일이 있었거니와 그 수없는 양고자 남녀들이 서로 맞붙잡고 궁둥이를 들석거리면서 돌아가는 그림이 하얀 휘장 위에 번듯번듯 나타나는 것도 참으로 이상스럽고 재미있는 구경이려니와 얼굴에 분을 하얗게 바른 처녀애들이 낮같이 밝혀 논 무대 위에 나타나서 나붓나붓 춤도 추고 가랑가랑 노래도 부르고 하는 광경이야말로 천상선녀가 하강(下降)한 것이어니 하고 멀거니 바라다보고 서 있었다.

이렇게 정신이 팔려 바라다보고 서 있을 적에 갑자기 그는,

"애고머니!"

소리를 지르도록 놀라면서 몸을 흠칫하였다. 그때 그가 어떠한 감촉을 받고 그렇게 소스라치게 놀랐는지 언년이 자신으로도 꼭 집어서 그 감촉을 묘사할 수는 없었다. 그저 한 손이 짜르르하는 것 같았다. 그것은

다만 한순간에 지나지 않는 것이었다. 그가 자기 몸을 돌아볼 적에는 벌써 그렇게 짜르르한 감촉을 준 원인이 어디 있었는지 알 수 없었다. 그는 손잔등을 가만히 다른 손으로 만져 보았다. 오늘 따라 그 손잔등은 몹시도 매끄러운 것처럼 느껴지었다. 그리고 그 어떤 억센 손에게 꼭 쥐어지는 그 짜르르한 감촉이 몹시 그리워지는 것이었다. 그녀는 가만히 손을 내려 치마폭에 쌌다. 그러나 그 짜르르한 감촉의 기대는 그녀의 온몸을 휩싸 버리는 듯하였다.

이제 그는 무대 위에 나타나는 온갖 신선놀음에서 정신이 떠났다. 그의 눈은 그냥 환한 무대 쪽을 쳐다보고 있었지마는 그녀의 전 신경은 손잔등으로 모이는 것 같았다. 아니 손잔등뿐 아니라 그의 전신의 피부로 전 정신이 집중되는 것 같았다. 슬적 누가 몸을 스치고 지나갈 때마다 그는 몸을 바르르 떨었다. 이렇게 정신이 피부로 집중이 되고 보니 그를 스치고 지나가는 사람은 퍽 많은 것을 느끼었다. 때로는 팔과 팔이 맞닿도록 일부러 옆에 바싹 다가서 보는 남자도 있었다. 또 때로는 남자의 숨결이 그녀의 귀밑으로 바싹 스치는 것을 감각할 수도 있었다.

언년이는 이제 지금 자기가 어디에 있다는 것까지 잊어버리게 되었다. 어쩐지 자기는 지금 세상에서 가장 어여쁜 색시가 된 것처럼 생각되었다. 그리고 저편 어디서 세상에 둘도 없을 귀공자가 자기를 기다리고 있는 것처럼 생각되는 것이었다. 언년이 자기는 큰 정승의 외딸로 연당 (연꽃을 구경하기 위하여 연못가에 지어 놓은 정자)에서 글을 읽고 있고 귀공자는 방금 담장에 드리운 무명필을 타고 넘어 들어오는 것 같은 환상을 느끼었다.

“그 색시 맵시 곱다.”

하고 누가 바로 귀밑에서 속삭이는 것이었다. 언년이는 그 자리에 자지러져 버릴 듯싶었다.

“저쪽으로 좀 갑시다.”

하는 속삭임이 또 뒤에서 나타났다. 그것은 무명필을 타고 넘어 들어온 귀공자의 부드러운 속삭임이었다. 언년이는 꿈에 걷는 사람처럼 사람들 틈을 이리저리 피하여 빠져나왔다. 그 귀공자가 어디서 기다리는가? 그것을 생각할 여지도 없었다. 오직 황홀한 환상 속에서 그녀는 사람이 적은 으슥한 곳으로 향하여 발을 옮겨 놓았다. 오직 옆으로 어떤 사내가 따르고 있다는 것을 인식하면서,

언년이가 전등불로 장식해 놓은 환한 꽃가지 아래 이르렀을 때 비로소 그는 혼자인 것을 인식하였다.

“에, 재수 없다. 히히히.”

하면서 두 남자가 저편 어두운 속으로 사라지는 것이 보이었다. 바로 그 목소리는 조금 전에,

“저쪽으로 갑시다.”

하던 그 귀공자의 목소리가 아니던가!

그러나 바로 등 뒤에서 이번에는,

“애, 여기 하나 있다. 님을 홀로 기다리시는가, 허허허.”

하는 소리가 나더니 검은 제복을 입고 사각모자를 쓴 청년 셋이 언년이를 둘러싸다시피 하고 달려들었다. 그러나 바로 그 다음 순간,

“에키!”

하더니 세 학생은 뒤로 물러섰다.

"괴물일세, 괴물이야."

"그 꼴에 그래두 바람은 들어서."

"하하하."

세 학생은 이런 소리를 주고받으면서 저편으로 가 버렸다.

지금까지 아름다운 꿈속에 들었던 언년이의 환상은 산산이 부서지고 말았다. 그는 부지중 손으로 자기 얼굴을 만지었다. 특히 언청이 된 입술이 먼저 만져지는 것이었다. 자기는 정승의 딸도 아니요, 연당에서 님을 기다리는 미인도 아니요, 꺼꺼대요, 언청이인 추물로서 소박맞고 갈데 없어서 서울로 올라온 자기인 것이었다.

그는 갑자기 그 웅성웅성하는 사람 떼가 미워졌다. 조금 전까지 선녀처럼 보이던 그 분 바른 계집애들은 더 한층 밉게 생각되었다. 그녀는 이 원수의 군중으로부터 멀리 떠나고 싶었다. 그는 꽃나무를 떠나 사람들 없는 어둑신한 곳을 향하여 달려갔다. 얼마 안 가서 밧줄로 막아서 더 못 가게 된 데에 이르렀다. 그는 거기서 풀밭에 펄석 주저앉았다. 그러고는 하염없이 눈물이 흘러내리는 것을 어찌할 수 없었다.

"어머니는 나를 왜 낳았던고?"

하고 자기를 낳아 준 어머니를 원망하는 생각까지 들었다.

"서울은 또 왜 왔는고?"

하고 자기 자신도 원망하였다.

언년이의 울음은 그 풀밭에서 잃어버린 사람 수용소로 옮겨 가고 다시 그 이튿날 아침에라야 봉네 어미 집으로 옮겨 갔다. 그는 봉네 어미의 집 주소도 몰랐던 고로 봉네 아버지가 찾으러 올 때까지 수용소에 있지 않을 수 없었던 것이다.

"꽃 구경이 훌륭하던가?"

하는 봉네 할머니 물음에 언년이는

"다시 꽃구경 가는 년은 개딸년이다."

하고 혼자 속으로만 대답하였다.

4. 언년이에게도 젊은 여자로서 사랑받고 싶은 욕망이 있다

"숙자 어머닌 남편 뺏길 염려는 통 났구려."

"호호호, 그래두 일은 참 잘한다우."

"그래두 좀 웬만해야지. 그건 너무 못났어. 난 꿈자리 사나울까 봐 걱정인데!"

언년이가 일하고 있는 주인댁에 놀러 온 양장 미인이 주인 아씨인 숙자 어머니와 이렇게 주고받고 하는 이야기를 언년이는 뜰 한 모퉁이에서 빨래를 하면서 모두 들었다. 언년이는 서울 온 지 두 달 만에 이 집으로 식모로 들어온 지 지금 며칠 안 되었다.

"흥, 내 원, 별 꼬락서닐 다 보갔네. 제가 도개비처럼 채리구 댕기는 년이 남의 흉보구 있네. 상판대기나 뺀뺀하문 머이나 되나!"

안방의 화제가 언년이 자신을 중심으로 전개되었다는 것을 알게 되자 언년이는 혼자 이렇게 중얼거렸다.

"나두 첨엔 너무 꼴이 사나워서 그만 내보낼라구 했다우."

이것은 주인 아씨의 목소리었다.

"그래두 그이가(아마 남편을 가리키는 모양) 불쌍한데 두어 두라구 해서……. 그래서 좀 두어 보니 일은 참 잘해요. 또 튼튼하구 부지런하구…… 또 그리구 며칠 보아하니까 이제는 눈에 익어서 과히 숭하지도 않어요."

"어디 시골서 왔대지?"

양장 미인의 목소리.

"응, 시집가던 첫날밤…….'

하더니 그 아래는 소곤소곤 잘 들리지 않었다,

"봉네 어미 년이 모두 주둥이질을 해 놔서."

하고 언년이는 분노가 치밀어 오르는 것을 겨우 참으면서 다시 혼자 중얼거리었다.

"일 잘해 줬으믄 됐디. 상판 타령들은 왜 하누!"

그러면서도 언년이는 이 끓어오르는 분노를 겉에 발표할 수는 없었다. 그는 아무러한 모욕이라도 달게 받으면서 붙어 있어야 밥을 얻어먹을 수 있는 것을 지나간 두 달 동안에 너무나 역력하게 경험한 것이었다. 그것은 지난 두 달 동안 그는 조금도 과장 없이 열일곱 집을 경유하여 마침내 이 집에까지 온 것이었다. 식모로 들어간 지 하루나 이틀 만에 그는 으레 쫓겨 나오곤 한 것이었다.

"글쎄 일이야 어떨는지 모르지만 이게야 꺼꺼대에다 언청이, 또 그 흥흥하는 말소리야 들어줄 수 있어야지."

해서 퇴짜 놓는 아씨,

"언청인 그래두 괜찮은데 원숭이 밑구멍처럼 얼굴이 왜 그래?"
해서 내보내는 아씨,

"여보, 일은 어떻든지 손님들 오면 챙피해서 안 됐쉐다."
해서 내보내도록 아내에게 명령하는 사랑 나리.

이리하여 언년이는 이틀 만에 사흘 만에 고작 오래야 닷새 만이면 다시 봉네 어미 집으로 어정어정 기어들곤 하는 수밖에 없었던 것이다.

무엇보다도 봉네 어미가,

"오죽하문야!"
하고 웃곤 하는 꼴에는 창자가 모두 비틀어지는 듯싶어서 견딜 수 없는 노릇이었다. 그래서 어떻게 해서든지 다시는 봉네 어미 집을 찾아 들지 않도록 해야겠다고 마음을 다지고 또 다져 가면서 그는 주인에게 잘 보이려고 부지런히 일을 해 주는 것이었다.

여름도 어느덧 다 지나가고 가을이 된 어떤 일요일이었다. 주인 내외는 방금 걸음발을 떼는 숙자를 데리고 문밖(서울 사대문 바깥 지역)으로 놀러 나간다고 나가고 언년이 혼자서 집을 지키고 있었다.

그는 아깝도록 곱게 하는 그 바느질로 주인 나라의 양말 구멍을 꿰매고 앉아 있었다.

그러나 이날에 한하여 그의 바느질은 조금도 곱게 되어지는 것은 아니었다. 마치 여름내 몸이 빨아들이었던 더위를 한몫에 발산해 버리려는 듯이 그의 전신은 열정으로 끓어오르는 것이었다.

'일생을 혼자 지내리라, 혼자 지내리라!' 하고 결심하는 것은 매일 저녁 자리에 누울 때마다 있는 일이었다. 그러나 몸뚱이의 자연스런 욕구는 그렇게 쉽사리 눌려지는 것이 아니었다. 여름내 그는 이 욕구와 싸워 온 것이었다. 푹푹 찌는 더운 방에서 빈대와 씨름하느라 밤을 밝히면서도 가끔 주인 내외가 나란히 누웠을 생각이 머리에 떠오르면 그는 한참이나 멀거니 두 손에 머리를 파묻고 앉아 있는 것이었다.

빨랫감으로 주인 나라의 옷이 나오면 어떤 때 그는 몰래 그 남자 옷을 힘껏 움켜쥐어 보는 때도 있었다. 어떤 때는 밥상을 들고 들어가다가 주인 나라의 숨결이 갑자기 높아지는 것 같은 환각이 생겨 쓰러질 뻔한 때도 있었다. 그렇다고 언년이가 이 주인 나라에게만 열정을 느끼는 것은 아니었다. 때로는 매일 물을 길어 오는 텁석부리 물지게꾼이 몹시 그리운 밤도 있었다. 또 어떤 때는 비웃 장수, 사랑에 간혹 찾아오는 남자 손님, 심지어 어떤 때는 대변 퍼 가는 늙은이를 그리워하는 때까지 있었다. 또 때로는 생전 처음 보는 남자와 한자리에 눕는 꿈을 꾸고 소스라쳐 깨는 때도 여러 번 있었다.

"내가 이다지도 음탕한 년인가?"

하고 혼자 얼굴을 붉히고 저 자신을 책하는 때가 많았다. 그러나 콧구멍만 한 뜰 하나를 격한 안방에서는 지금 주인 내외가, 하는 생각이 들 때마다 그는 싸늘한 벽을 안아 보려고 팔을 허우적거리는 것이었다.

가을이 되면서 언년이는 더 한층 이 욕구의 비등을 억제할 수 없는 것이었다.

이날도 그는 양말을 꿰매고 앉아서 특히 한가한 틈을 타는 이 악마의 유혹 앞에 몸을 떠는 것이었다. 남자의 양말을 손에 잡기만 해도 온몸의

근육이 떨리는 듯싶었다.

이때다.

"대문 열우!"

언년이는 자기 귀를 의심하였다. 분명 남자의 목소리였다. 더구나 낯익은 목소리었다.

그는 벌떡 일어섰다. 그러나 웬일인지 '대문을 열면 큰 죄를 저지른다' 하는 예감이 그녀를 붙잡았다. 그는 주저주저하였다.

대문이 덜컹한다.

"대문 열어요."

또다시 그 목소리다. 언년이는 자기 자신도 무엇을 하는지 모르게 고무신을 짝짝이 끌면서 나가 대문 빗장을 덜컥 빼었다.

대문이 열리자 텁석부리 영감은 물지게를 모로 돌리면서 대문 안으로 들어왔다. 언년이는 공연히 혼자 부끄러워서 고개를 숙였다. 그러고는 금시에 또 서운해지고 허젓해졌다.

"오늘은 퍽 이르우."

하고 언년이는 물지게꾼을 따라 부억으로 가면서 태연하게 말을 건넸다. 텁석부리는 그 소리를 들었는지 못 들었는지 독에다 물을 죽죽 부어넣더니 빈 지게를 지고 마당으로 나왔다.

"주인들은 모두 어디루 갔나?"

하고 텁석부리는 혼잣말하듯이 말하였다.

"오늘 공일이라고 문밖으로 소풍 나간다구 애기꺼정 데리구 나갔다우."

"문밖으루? 그럼 쉬 안 들어오시겠군."

하고 텁석부리는 또 혼자말하듯이 중얼거렸다.

"저녁꺼정 자시구 들어오신답데다."

"흥, 혼자 집 보기 무섭지 않은가?"

텁석부리는 역시 혼잣말하듯 중얼거리면서 대문께로 갔다. 텁석부리는 대문을 열고 빈 지게를 한 통 밖으로 먼저 내보내고 몸이 반쯤 대문 밖으로 나가더니 금시에 몸이 다시 안으로 들어왔다. 그리더니 빈 물지게를 대문 안에 벗어 놓고서 대문을 닫고 안으로 제 집 대문 빗장 지르듯이 빗장을 질렀다. 언년이는 여우에게 홀린 사람처럼 이때까지 멀거니 보고만 있다가 텁석부리가 아주 안으로 대문을 잠가 버린 것을 보고서야 갑자기 정신을 차리듯,

"왜 그라우?"

하고 눈을 크게 떴다. 텁석부리는 아무 소리도 없이 언년이를 향하야 벙긋 웃어 보이었다. 언년이는 오직 그 싯누런 이빨을 알아볼 수 있을 따름이었다. 언년이는 갑자기 몸을 날려 달아났다. 고무신이 한 짝 벗겨져서 땅에 구는 것도 깨닫지 못하고 언년이는 단숨에 자기 방까지 뛰어 들어갔다.

5. 아이를 갖게 된 언년이는 예쁜 딸을 낳고 싶어 한다

이 이야기 맨 시초에 말한 아기 뱄다는 것은 곧 언년이가 텁석부리 물지게꾼의 씨를 배 안에 키우고 있었다는 것이다.

일요일 낮에 그 일이 있은 후로 텁석부리는 영 부지거처(간 곳을 알 수 없음)가 되고 말았다.

집에 물이 없어서 '그 망할 놈의 텁석부리 영감'을 애가 타게 찾아다니는 것으로 외면에는 보였으나, 그실 언년이 내심에는 남모르는 초조와 절망과 비애가 차 있는 것이었다. 그러나 텁석부리는 없었다. 물은 다른 지게꾼에게 사 먹기로 교섭이 확정되어 문제는 귀결되었지만 언년이 가슴속 비밀은 귀결을 못 짓고 있었다.

그 일요일 밤새도록 언년이는 얼마나 그날 낮일을 되풀이해 생각해 보고 얼마나 장래에 대한 단꿈을 꾸어 보았던고! 언년이는 이전부터 그 텁석부리는 홀아비라는 말을 어디선가 들어서 알았었던 고로 이미 이만침 일이 나아간 이상 그와 살림을 차리고 행랑살이라도 살림을 오붓하게 한번 해 보리라 하는 달콤한 공상에 담북 취해 있었던 것이다. 그런데 이틀이 못 가서 그 꿈은 산산이 부서져 버리고 만 것이었다.

"그 망할 놈의 뒤상(늙은이'의 방언)."

하고 언년이는 혼자 욕을 하면서도 그래도 가끔 가다가 집이 비고 혼자서 집을 보고 있는 날은 속으로 은근히 또 그 일요일처럼, "대문 열우." 하는 텁석부리 목소리가 금시에 들릴 듯싶어서 안절부절을 못 하는 때가 많았다. 그러나 날이 자꾸 가서 첫눈이 내리게 된 때 언년이는, '이제는 그 뒤상을 다시 찾을 도리는 영영 없구나. 나를 버리고 갔구나.' 하는 사실을 인식하게 되는 그와 동시에, '그 망할 녀석이 씨를 내 속에 넣어 주었구나.' 하는 인식이 또한 부인할 수 없는 사실로 되고 말았다.

새로운 한 생명이 자기 몸 속에서 나날이 자라고 있다는 인식을 얻게 되자 언년이는 때로는 몹시 기쁜 또 때로는 몹시 우울한 감정이 교차되는 것을 금할 수 없었다. 그 새로운 생명의 아버지를 생각할 때에도 어떤 날은 몹시 그럽게 생각되었고, 또 어떤 날은 몹시 원망스럽고 야속스럽게 느껴지고 또 어떤 때는 아주 막 미워서 앞에 보인다면 얼굴에 침이라도 뱉아 줄 것처럼 서두를 때도 있었다.

그러나 차차 다시 봄이 되면서 주인 아씨의 입으로부터,

"참 이상한 일도 다 있지. 다른 사람이 보문 꼭 애기를 밴 것 같은데, 원 그럴 리두 없구. 알 수 없는 노릇이야!"

하는 소리를 듣게 될 때쯤 해서는 언년이는 세상 만사에 모두 흥미를 잃고 오직 절반 이상을 자란 어린애의 출생을 기대하는 초조스러움과 일종의 공포가 가득 차 있는 것이었다.

인제 그는 텁석부리가 다시 나타난다는 기대도 단념해 버리고 일편단심 배 속에서 자라는 어린것에 대하여 전 정신을 바친 것이었다. 그는 남들이 애비 모를 아이를 낳았다고 비웃을 것도 두려워하는 바 아니었다. 자기도 다른 여자들처럼 아기를 낳을 수 있다 하는 이 기쁨은 넉넉히 그런 조소를 코웃음쳐 버릴 만큼 강한 것이었다.

그러나 그는 차차 이 장차 나올 어린 아기에게 대한 기대에 여러 가지 세세한 조목을 붙여서 생각하기에 이르렀다. 그리하여 마침내 그는 밤마다 남몰래 냉수 떠 놓고 칠성님께 빌기를 시작하였다.

그가 칠성님께 비는 조목은 대개 아래와 같았다.

그는 아들은 싫다 하였다.

꼭 딸을 점지하시되 그야말로 오래전부터 주워 들은 대로 물찬 제비

같고, 돌아 오는 반달 같고, 양귀비 태도 같은 그러한 일색을 보내 주십
사고 비는 것이었다.

그는 세상에서 가장 어여쁜 딸을 낳아 보고 싶었던 것이다. 그것은 그
가 이 매정한 세상에 대하여 언년이로서 보낼 수 있는 오직 하나의 복수
일 것이라고 그는 생각하는 것이었다. 한 동리서 자라면서 어렸을 때부
터 곱기 자랑을 하고 다니던 이쁜이보다도 더 고운 딸, 봉네보다도 더
고운 딸, 주인집 딸 숙자보다도 더 아름다운 딸을 낳고 싶었다. 그렇게
고운 딸을 낳아 가지고, "자, 보아라." 하고 봉네 어미 앞에 내밀고 싶었
다. 주인 아씨 앞에 나대고 싶었다. 온 세상에 광포하고 싶었다. 그리만
된다면 그가 이때까지 이 세상에서 받아 온 온갖 조소도 모두 잊어버릴
수 있다고 생각되었다. 아무리 불행한 일생을 보냈더라도 세상에서 제
일 이쁜 여자의 어머니로서의 자랑이면 족히 위안이 되고도 남음이 있
으리라고 생각하였다. 지금 그에게 있어서 이 세상 희망이라고는 오직
그것 하나밖에 없다고 단정하였다. 그의 온 장래가 여기에 결정되어진
다고 생각하였다.

기적(奇蹟)을 비는 마음! 그것은 우리 못나고 천대받고 조롱받고 무능
하고 또 눌림받는 인간들의 공통된 기원(祈願)인 것이었다.

6. 자신과 꼭 닮은 아기를 낳고 언년이는 절망한다

이러구러 어느덧 열 달이 차매 언년이는 봉네네 집 건넌방 웃목에 그

렇게도 칠성님께 빌었던 딸을 순산하였다.

"에미나이루군."

하는 봉네 어미의 탄식은 언년이의 귀에는 음악보다 더 좋았다. 딸이다! 내 일생의 자랑이 될 어여쁜 내 딸이다. 내 일생 받아 온 천대와 조롱을 속해 줄 내 딸이다.

이렇게 생각하매 그는 자연 눈물이 흘러내림을 금할 수 없었다.

그의 눈물을 달리 해석한 봉네 어미는,

"아들이 쓸 데 있나? 딸이 더 좋지."

하고 위로를 해 주었다.

"어디 봐."

하고 언년이는 봉네 어미가 깜짝 놀라도록 버럭 소리를 질렀다.

그러나 봉네 어미가 쳐들어 주는 새 생명을 바라다보는 순간 언년이는,

"억!"

하고 소리를 지르면서 눈을 감았다. 봉네 어미는 아기를 다시 옆에 누이면서,

"제 어미 고대루 닮았군."

하고 웃음 섞인 목소리로 말하는 것이었다.

언년이는 앞이 캄캄해지는 것 같았다. 온갖 기대, 온갖 꿈, 온 생애가 그냥 산산이 부서져 버리는 것을 느끼었다.

그렇게도 백 날을 칠성님께 빌어서 낳은 딸이, 그렇게도 세상에 둘도 없이 어여쁜 딸이 되라고 상상하였던 것이 낳아 놓고 보니 언청이였던

것이다.

"언청이가 언청이를 낳았다. 하하하하!"

이렇게 세상이 언년이 들으라고 소리소리 지르는 것 같았다.

언년이는 그래도 자기 눈이 잘못 보지나 않았나 하여 다시 고개를 돌려 옆에 누워서 배그락거리는 어린 살덩이를 들여다보았다. 그의 눈앞에 뚜렷이 나타나는 새로운 생명은 언년이 일생의 부끄러움을 속해 줄 희망(希望)이 아니라 그 부끄러움에 새로운 부끄러움을 끼얹어 주는 한 개의 절망(絶望)이었다. 아무리 바라다보아야 그 얼굴이 그 얼굴이었다. 눈도 못 뜨고 배그걱거리는 아직 채 자리도 안 잡힌 그 얼굴이었만 윗입술이 둘로 갈라진 언청이는 너무도 뚜렷하였다. 더 자세히 들여다보면 콧마루도 언년이 모양으로 없었다. 더 자세히 보면 턱도 유난히 앞으로 삐죽 내민 것처럼 보이는 것이었다. 보면 볼수록 언년이 자신과 똑같이 생긴 것처럼 생각되었다.

그는 고개를 돌렸다. 생각하면 생각할수록 분하고 원통한 일이었다. 밖에서 간간이 사람들의 떠드는 소리나 웃는 소리가 들려오면 그때마다 모두 언년이 자기와 또 에미를 닮고 세상에 새로 나온 이 새 생명을 조롱하고 비웃는 소리처럼만 생각되는 것이었다.

"추물이 추물을 낳았다!"

"하릴없이 판에 박아 낸 거야!"

"호호호호!"

언년이는 손으로 두 귀를 막았다. 그러나 그 조롱 소리는 더욱더 크게 그의 귀에 들려오는 것 같았다. 눈을 감으면 웃는 얼굴들의 환영이 보였다.

봉네 어미의 웃는 얼굴! 숙자 어머니의 웃는 얼굴! 숙자 아버지의 웃는 얼굴! 텁석부리 물지게꾼의 싯누런 이빨!

그러고는 갑자기 밤에 혼자서 흘러내리는 냇물가에 앉아서 미운 얼굴을 물속에 어른거리는 달 속으로 비쳐 보고 또 비쳐 보면서 끝도 없이 울고 있는 처녀의 환영이 나타났다.

'저것이 자라나면 또 그러한 쓰라린 일생을 되풀이할 것이로구나.'
하고 그는 생각하였다.

"차라리 애저녁에 가거라!"
하고 그는 혼자 중얼거렸다.

그는 가마니 옆에 있는 바느질 곱게 된 저고리를 들어 이 바둥거리는 아기를 폭 덮어 버렸다. 그리고는 그 억센 손으로 말롱말롱하는 살덩이를 지그시 눌러 보았다. 누르고 누르고 누르면서 저도 모르게 중얼거리는 것이었다.

"뒈져라, 뒈져라!"
갑자기 아기의 배그각 소리가 끊치었다. 언년이는 몸서리치면서 얼른 손을 떼었다. 바느질 곱게 된 저고리를 바라다보니 그 밑에 덮여 있는 아기가 그처럼 밉게 생긴 아기라고는 생각되지 않았다. 그가 지나간 반년 동안 꿈꾸던 그런 아주 이쁜 아기가 바로 그 아래 누워 있을 것처럼만 생각되는 것을 금할 수 없었다. 그 바느질 곱게 된 저고리가 달싹달싹하였다. 그러나 언년이는 그 저고리를 다시 들치고 그 아래 누운 아기를 들여다볼 용기는 나지 않았다. 그는 고개를 돌렸다.

"그래두 자라나믄 좀 나디갓디…… 그래두 체니 티가 나믄 좀 고와디 갓디!"

하고 그는 중얼거리는 것이었다.

"그래두 좀 크문……."

하고 되풀이 또 되풀이하면서 그는 불어 오른 자기 젖을 두 손으로 꾹꾹 눌러 짰다.

젖을 짜고 또 짜면서 그는 긴장이 탁 풀리는 것을 느꼈다. 온몸이 몹시 피곤함을 느끼었다. 누운 자리가 젖에 젖어서 끈적끈적한 것을 겨우 감촉하면서 그는 손을 더듬더듬하였다. 매낀매낀하는 아기의 살을 감촉하면서 그는 스르르 잠이 들었다.

소문난 추녀 언년이가 임신했다는 소식에 모두들 놀라워한다.

언년이는 어려서부터 못생긴 것으로 유명했다. 언년이를 시집보낼 일에 걱정이 태산 같은 부모는 중매쟁이를 앞세웠다. 중매쟁이는 언년이를 두고 일 잘하고 바느질 솜씨가 뛰어나고 건강한 부잣집 맏며느릿감이라고 칭찬하며 어떤 농가와의 혼사를 성사시켰다. 그러나 언년이의 못생긴 얼굴에 놀란 남편은 첫날밤에 방을 뛰쳐나가고, 급기야 일본 대판으로 돈벌이 간다고 떠나 버렸다. 언년이는 그 후에도 시집에서 열심히 일하며 시부모를 모시고 살았으나, 결국에는 참지 못하고 보따리를 싸서 경성(서울)으로 올라왔다.

언년이는 사촌뻘 되는 봉네 어미 집에 우선 얹혀 살게 되었지만, 못생긴 얼굴 때문에 서울에서도 모욕을 당한다. 남의 집 식모로 일하기 시작했으나, 주인집들은 대부분 너무 못생겼다며 며칠 만에 그녀를 쫓아내곤 했다. 그래도 언년이는 부지런히 일하며 주인집에 잘 보이기 위해 노력했다. 그러던 중 어떤 일요일, 주인집 가족이 놀러 나간 틈에 물지게꾼 영감과의 사이에서 임신을 하게 되었다. 언년이는 홀아비라고 하는 물지게꾼 영감과 살림을 차리고 남들처럼 가족을 이루어 살 수 있지 않을까 기대하였으나 물지게꾼 영감은 그 후 다시는 나타나지 않았다. 평범한 아내로서의 삶을 포기한 언년이의 희망은 아기에게 향한다. 자기와는 전혀 다른 예쁜 딸을 낳아 남들 앞에 보여 주겠다는 꿈에 부풀게 된 것이다.

마침내 태어난 아기는 언년이의 바람과는 정반대로, 엄마와 똑같이 생긴 못난 딸이었다. 언년이는 절망했다. 세상 사람들 모두가 추물이 추물을 낳았다고 조롱하는 것만 같았다. 언년이는 아기가 자라면서 자기처럼 비참한 인생을 살게 될 것을 생각하니 참을 수가 없어 갓난아기에게 저고리를 덮어씌우고 눌러 죽이려고 했다. 그러나 그래도 자라면 좀 나아지겠지 하는 희망을 가지고 아기를 어루만지며 잠이 든다.

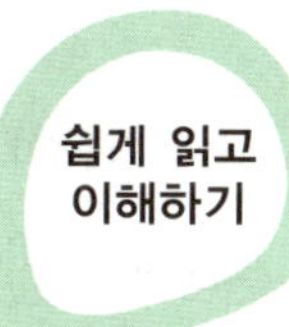

　소설가 주요섭은 1930년 후반에 우리의 삶의 누추함과 비참함을 실제보다 더 고통스러울 정도로 적나라하게 재현하고자 하는 자연주의의 영향으로 생물학적 또는 유전학적 결정론이 우리 삶을 지배한다는 명제를 이 소설에서 박진감 있는 이야기로 재현하였다.

　이 단편소설의 또 다른 주제는 사람의 외모 문제이다. 언년이의 추한 외모에 대한 적나라한 묘사는 문학이 현실보다도 더 사실적임을 증명하고 있다. 소설가의 상상력은 항상 현실을 더 아름답게 만들기도 하지만 그 반대로 현실보다 더 추하게 만들 수 있다. 작가는 소설 앞부분에서 "사람을 외모로 비판하지 말라"는 예수님의 말을 인용한다. 사람에게 흔히 하는 잘생겼다느니 예쁘다느니 하는 칭찬은 대단히 주관적인 동시에 사회 통념에 따른 외모에 대한 오해와 편견이 반영된 것이다. 언년이의 추한 얼굴은 보통 사람들에게 혐오감을 주겠지만 그 혐오감은 일종의 차별이다.

　우리는 어떤 경우라도 혐오스런 외모를 가진 사람들을 차별하려는 유혹을 과감하게 포기해야 할 것이다. 이 지상의 생명체들은 눈에 보이지도 않는 바이러스 세균부터 거대한 공룡에 이르기까지 실로 다양하고 복잡한 생태계 체계를 이루고 있다. 우리 인간은 커다란 존재의 고리 속에 한 작은 부분에 속할 뿐이다. 잘생긴 사람이 있으면 못생긴 사람도 있고 키 큰 사람이 있으면 키 작은 사람도 있다. 홀쭉한 사람이 있으면 뚱뚱한 사람도 있게 마련이다. 우리는 생명 공동체인 이 땅에서 여러 가지 무지와 편견을 타파하고 놀라운 생물종의 다양성 속에 모두 조화롭게 살아가야 할 것이 아닌가?

붙느냐
떨어지느냐

1958년 5월 『자유문학』에 발표되었다. 50년대 후반 입시 풍경을 배경으로, 자녀의 중학교 입시 결과에 전전긍긍하는 학부모의 심리와 당시에도 치열했던 교육열을 리얼하게 그려낸 단편소설이다.

마지막 시간 시험까지 끝내고 나온 수남이에게
"그래 자신 있니?" 하고 묻고 싶은 생각은 굴뚝같았으나
철규는 그것을 꾹 참았다. 수남이의 대답을 듣기가 무서워서였다.

등장인물

철규   일제강점기에 전문학교를 나와 상점을 꾸려 가고 있는 평범한 가장으로, 아들의 중학교 입학시험에 따라간다. 미신에 대한 반발 때문에 시험 전날 일부러 미역을 사 오는 독특한 성격이지만, 아들의 시험 결과에 전전긍긍하고 있다.

수남   중학교 입학시험을 치르러 간 국민학교 6학년 학생. 시험 결과를 궁금해하는 아버지의 질문에 통명스럽게 대답하고, 그동안 공부하던 학습지와 교과서를 모두 변소에 내다 버리는 등, 입시 스트레스에 시달려 왔다.

아내   철규의 아내. 아들의 중학교 입학시험에 남편과 함께 어린아이를 업고 따라간다.

붙느냐 떨어지느냐

철규는 아들 수남의 중학교 입학시험에 동행한다

"떨어지느냐? 붙느냐?"

중이 염불하듯이 무의식중에 자꾸자꾸 되풀이해 중얼거리고 있는 자신을 철규는 발견하였다.

중학교 마당은 인파(人波)로 흐늑흐늑하였다.

수험생들뿐이 아니라 남녀노소 모두가 다 긴장한 모습으로 웅성거리고 있었다.

시험장 안으로 아들 수남이를 들여보낼 때까지는 온 정신이 자기 아들 하나에게만 팔려져 있었기 때문에 어른들도 꽤 많이 왔구나 하는 막연한 생각을 하고 있었었다. 그러나 가슴마다 수험표를 단 학생은 하나도 보이지 않게 되자 보호자 수가 수험자 수보다도 더 많다는 것을 확인할 수가 있었다. 하기는 철규 자신도 애 업은 아내까지 데리고 온 것이 사실인데, 어떤 사람들이 주고받는 이야기를 들어 보면 수험생의 가족

은 물론 사돈의 팔촌까지도 다 떨어 나온 모양으로 보이는 축이 수두룩
했다.

일전에 본 일이었다. 고등학교 교기를 단 버스가 줄지어 달리는 것을
보았었다. 학생들이 단체로 소풍을 가는 것이거니 하고 생각했는데 옆
사람 말을 들으니 대학 입학시험을 치르는 졸업생들을 응원하기 위하여
고등교 3학년생들이 대거 출동한다는 것이었다. 철규는 일정 때 전문학
교 입시에 합격된 경험의 소유자였지만 그 당시에는 입시 응원이라는
건 없었었다. '응원' 하면 운동 경기에 국한되어 있었었다.

그런데 중학 입시장에는 출신교 학생들 대신 학부형 자매가 통틀어
응원하러 온 모양이었다.

시험이 시작되자 첫째 시간 분인 '국어, 자연' 고사 문제가 게시판에
나 붙었다. 모두들 게시판으로 몰리어 갔다.

철규는 깜짝 놀랐다. 신문 면만큼이나 큰 시험지 6면이나 되는 거창한
문제인데 고사 시간은 단 60분간으로 되어 있는 것이었다. 얼른 쭉 훑어
보니 '자연'난에 가서는 '냉장고', '시험관', '도표', '라이터' 등 그림까지
그려져 있었다. 그림 중 철규 자신도 잘 알고 있는 물건은 라이터 하나
뿐이었다.

라이터는 몇 해째 주머니에 넣고 다니면서 하루에도 수십 차례씩 사
용하여 온 것이었다. 그러나 이 시험 문제 안 '라이터 불이 켜지는 이치'
에 대해선 그는 그것을 알아볼 생각을 해 본 일도 없었었고 지금 갑자기
생각나지도 않는 것이었다. 그는 라이터를 꺼내 들고 잠시 노려보았다.

담배에 라이터 불을 대면서 그는 '우리 수남이가 이런 것까지도 배웠

을까? 하고 혼자 물어보았다.

그는 국어 문제를 풀어 보기 시작했다. 답을 쓰는 것이 아니라 아라비아 숫자에 동그라미를 치는 시험이란 그에게는 난생처음이었다. 그래도 떠듬떠듬 해 보니 14문제 중 그가 통 모를 것이 12개나 되었다. 저절로 한숨만 나갔다.

첫 시간 시험이 끝나자 수험생들은 우루루 나왔다. 모두 시험지를 그냥 들고 나온 것이었었다. 수남이를 골라 잡는 일이 여간 힘드는 것이 아니었다. 수험생들 모두가 다 나이 비슷하고 복장도 같고, 생김새도 모두 영리하게 보였다. '이 영리한 어린이들 중 그 절반만이 붙을 수 있고, 나머지 절반은 떨어지게 마련이라니. 그것 참.' 하고 생각하는 철규는 수남이가 꼭 붙을 수 있으리라는 자신을 잃었다.

겨우 찾아낸 수남이를 붙들고,

"잘 치렀니?"

하고 묻는 철규의 목소리는 떨리었다.

"그저 그렇지요."

하고 대답하는 수남이의 말이 신통치가 않았다. 바로 옆 수험생 하나는,

"아주 쉬웠다는 걸 뭐."

하고 자신만만한 대답을 하는데.

가정교사인 듯한 젊은이들이 수험생이 들고 나온 시험지를 펴 놓고 시험장에서 대답한 대로 표를 해 보라고 하기도 했다. 그런데 수남이의 손에는 시험지가 쥐여져 있지 않았다.

"넌 시험질 어떡했니?"

하고 철규가 물어보았다.

"그까짓 건 봐 뭘 해."

하고 수남이는 톡 쏘는 것이었다.

아버지의 마음속에서는 부아가 끓어올랐으나 꾹 참았다. 아버지가 샀던 답안지를 보이면서,

"그럼 여기서 맞는 걸 골라 보렴."

하고 달랬다.

"싫어."

하면서 아들은 고개를 저었다.

아버지는 참노라고 입을 악물었다.

철규는 시험을 둘러싼 이런저런 미신이 불만스럽다

둘째 시간 분인 '사회 생활과 산수' 문제가 나붙은 것을 보니 그 부피는 첫째 시간 분에 비하여 적어 보이질 않았다.

더구나 누구나 다 어렵게만 생각하는 수학 문제가 30개나 되니 이 짧은 시간에. 철규는 기가 막힐 따름이었다.

수남이가 산수에는 재주가 있다는 말을 아내에게 누차 들어 오기는 했지만, 철규는 장사 일 때문에 아침 일찍 집을 나왔다가 밤 늦게야 돌아가곤 했었으므로 수남이 공부하는 모습을 보는 일이 드물었었던 것은 사실이었다. 6학년이 될 때까지에는 말이다.

수학 문제를 풀어 보려고 철규는 애를 썼지만 정신이 산란해진 탓인지 문제 자체의 의미조차 얼른 포착할 수가 없었다.

"야, 시험지를 받아들 때 덤비지 말구 침착하게 해야 한다."

하고 아들이 시험장으로 들어가기 직전에 그가 한 번 더 주의를 줄 때 수남이는

"골백번 들었어요. 알아요."

하고 대답했었다. 그러나, 이렇듯이도 문제가 많고 까다로운 인쇄물을 받아드는 수남이가 과연 침착성을 유지할 수 있을까가 적이 의심되었다. 철규 자신은 이렇게도 떨리기만 하는데.

둘째 시간 분 시험이 다 끝나자 철규는

"산수 다 풀었니?"

하고 아들에게 다급하게 물어보았다.

"시간이 모자라서 세 문제 못 했어요."

하고 말하는 수남이는 울상이었다. 아버지의 가슴은 철렁하였다.

"산수는 다 했어요."

"반도 못 했어요."

"어려워요."

"쉬워요."

"학교에서 배워 주지 않은 문제가 난 걸 어떻게 풀어요?"

등등 여러 수험생의 목소리가 가까이서 멀리서 들려왔다. 남이야 어쨌든 간에 수남이만은 잘 치렀으면 하는 생각에 아버지 마음은 사로잡히고 말았다.

수험생을 포위한 가족들이 교문이 멜 정도로 나가기도 하고, 교정 여기저기에서는 마치 피크닉이나 온 양, 점심 보자기를 펴고 마호병(보온병)을 기울이기도 했다.

철규는 가족을 데리고 점심 사 먹으려고 교문 밖을 나섰다. 마침 고등학교 제복을 입은 학생 몇이 지나다가 수남이를 보면서

"흥. 사팔뜨기구나."

하고 흉을 보았다. 이 사팔(48)을 가지고 바로 어제 철규는 아내와 말다툼을 한 일이 있었었다. 수남이가 받아 온 수험 번호가 48번인데 그것은 사사사(死死死)가 되어서 크게 불길한 징조라고 아내가 호들갑을 떠는 데 대하여 철규는 벼락같은 고함을 질렀던 것이었다. 바로 얼마 전 수남이가 중학교에 낸 신청서 번호가 10땡(화투로 하는 노름에서 열 점짜리 두 장을 잡은 높은 점수. 장땡)이라고 기뻐 날뛴 그의 아내였다.

"학문은 도박이 아니야."

하고 그는 아내에게 호통했었던 것이었다.

꼭 같은 48을 또 별다르게 해석하여 멀쩡한 수남이를 눈 병신이라고 놀리고 지나가는 학생 뒤에다 대도 철규는

"흥, 숫자 풀이에는 모두들 천재인의 족속이야."

하고 소리질렀다. 그는 기억하고 있었다. 6·25 동란 때만 보더라도 그해가 4283년(단기를 사용한 연도. 서기로는 1950년)이라고 하여 국민학교 학생들까지도 그 숫자를 꺼꾸로 부르면서 이해에는 삼팔선이 이사(移舍)를 가니까 통일이 된다고들 하였다. 이 숫자 풀이가 엉터리였다는 것이 사실로 증명되자, 소위 『정감록』(조선 중기 유행하던 예언서)의 권위자로라고

자처하는 늙은이들은 그 책에 사천인왕(四天八王)이라는 문자가 있는데 그것을 파자(破字, 한자의 자획을 나누거나 합하여 길흉을 점침)하면 4288년(年)에는 1토(土)가 된다는 뜻인 만큼 그해에는 통일이 틀림없다고 예언하는 것을 철규가 직접 들은 일이 있었었다.

어렸을 적부터 미신의 허위성을 직접 발견한 철규는 온갖 미신에 대해서는 불신 정도가 아니라 적개심을 품어 온 것이었었다. 철규의 할아버지는 동네방네 소문난 관상쟁이었다. 그는 집에 가만히 앉아서 돈을 자꾸 벌고 있었으나 그의 한 방에서 사는 철규는 할아버지의 속임수를 샅샅이 꿰뚫고 있었다. 어린 소견에도 남을 속여서 돈을 버는 할아버지가 밉기 그지없었다.

그가 중학 재학 시절 옆집 젊은 여자에게 무당이 내렸다. 아침까지 멀쩡하던 여인이 갑자기 솔가지를 들고 무어라고 외면서 춤을 추고 돌아가는 꼴을 보는 철규는 놀라기도 하고 무섭기도 해서 그 여인에게 정말로 무당이 내리는 줄로 생각했었다. 이 새로 내린 무당은 여기저기 매일같이 잘 팔리었다. 그러나 며칠 못 가서 이 무당 노름은 순전한 연극이라는 것을 철규는 간파했었던 것이었다.

재래적인 미신에 반감을 가진 그는 예수교회에 나가기 시작했다. 그러나 반 년이 채 못 가서 그는 예수교와도 절교하고 말았다. 어떤 장로가 안수기도(신도의 머리 위에 손을 얹고 하는 기도)로 병을 고치노라고 하며 나서자 교회당은 삽시간에 불구자, 병신, 환자들의 집합소로 돌변해지는 것을 그는 목도했기 때문이었다. 환멸을 느낀 그는 모든 종교 또는 모든 미신에 대해서 거의 광적인 적개심과 반발심을 품게 되었던 것이었다.

바로 어제 오후 일이었다.

"수험생에게는 시험 치르는 날 아침 엿을 먹여 보낼 것이요, 미역국을 먹여 보내서는 절대로 안 됩니다."

하는 충고를 철규는 받았다. 말 같지가 않아서 실소(失笑)하면서 그 자리를 물러났다.

다방에 들러 석간 신문을 사 보았다. 소위 10만 선량(뛰어난 인물을 뽑음. 또는 그렇게 뽑힌 인물)을 꿈꾸는 입후보자들 때문에 요새 관상쟁이, 점쟁이, 사주쟁이들이 돈더미 위에 올라앉았다는 기사가 실리어 있었다. 더구나 해괴한 것은 KNA(대한항공(KAL)의 이전 이름) 비행기로 납북된(1958년 2월 16일 KNA 여객기 창랑호가 북한으로 공중 납치된 사건이 있었다.) 사람들의 가족들도 점쟁이 집을 부질나케(뻔질나게, 자주) 드나들었다는 기사였다.

"흥, 꼴 좋다. 점쟁이가 그렇게 용하다면 비행기가 납북되리라는 것을 왜 예언하지는 못했노."

중얼거리면서 그는 일어섰다.

그는 반발심을 억제하지 못하여 몸을 부르르 떨었다.

집으로 돌아가는 길에 그는 일부러 시장에 들러 미역 한 꼬투리를 사 들고 갔다. 이튿날 시험 치르러 가는 수남이에게 기어코 미역국을 먹여 보냄으로써 미신에 대항하고 싶은 그였다. 아내와는 일대 충돌이 있었다. 아내는 엿을 사 왔기 때문이었다. 마지막 시험 공부하는 수남이에게 방해가 되지 않게 하기 위하여 부부는 뒤 언덕 위로 올라가서 승강이를 하였다. 결국 미역도 엿도 안 먹이기로 타협되었다.

시험 문제가 생각보다 어려워 철규는 당황스럽다

셋째 시간 분인 '실과, 음악, 보건, 미술' 시험 문제는 철규를 더 한층 당황케 하였다. '책꽂이' 만드는 문제는 그 문제의 뜻부터도 철규에게는 통하지가 않았다.

"이거 뭐, 목수 시험을 보는건가?"
하고 그는 투덜거리었다. 그리고 악보, 오선에 그리어진 콩나물! 음악 감상도 제대로 못 하는 그는 손만이 아니고 발까지 번쩍 들고 말았다.

어느 날 밤 일이었다. 술이 대취해 가지고 통금 시간 겨우 대서 집에 들어온 철규는 아들이 그냥 공부하고 있는 옆에 쓰러져서 잠이 들고 말았다. 얼마나 잤는지 눈을 떠 보니 그새 전등불은 나갔고 아들은 촛불을 켜 놓고 공부를 계속하고 있었다.

"아버지, 석전제는 어느 달 어느 날이야?"
하고 묻는 것이었다.

"석전제가 무어가?"
하고 철규는 아들에게 되물을 수밖에 없었다. 국민학교 학생인 아들이 전문학교를 졸업하고 나서 밥벌이하기 20년도 더 된 아버지에게 물어보는 낱말을 그 아버지가 이해하지 못하여 되물어보는 일은 이번이 처음이 아니었다. 아들이 공부하고 있는 옆에 함께 있어 본 일이 아주 드문 그이였으나, 그렇게 되물어본 일은 수백 번 이상이었을 것이었다.

수남이는 으레 버릇대로

“아버진, 참, 그것두 몰라. 공자의 탄생을 축하하는 일이 석전제야.”
하였다.

‘석전제가 무엇이라는 것을 아는 것만두 용한데 그 날짜까지 기억해야 할 필요는 어디에 있을까?’ 하고 생각하는 철규는 그 생각을 아들에게까지 알려 주지는 못하고,

“글쎄, 날짜는 나두 모르겠는데. 모를 건 꼭 표해 두었다가 내일 선생님께 물어서 꼭 외우도록 해라.”
하고 말했다.

‘꼭 표해 두었다가 선생님께 물어보라’는 말을 그가 한 것이 이루 헤아릴 수 없도록 많았었던 것을 회상하는 철규는 ‘초등학교 선생이 되려면 백과사전이 되야겠군’ 하고 다시금 생각했다.

시험을 마친 수남이는 기분이 좋지 않아 보인다

마지막 시간 시험까지 끝내고 나온 수남이에게 “그래 자신 있니?” 하고 묻고 싶은 생각은 굴뚝같았으나 철규는 그것을 꾹 참았다. 수남이의 대답을 듣기가 무서워서였다. 그러나 그가 지나간 일 년 동안 수남이에게 사 준 시험 준비용 서적 부피가 눈앞에 아련히 나타났다.

‘학력 수련장’. ‘전과 지도서’, ‘실력 공부’, ‘입학시험 문제집’, ‘예능, 보건, 실과 완성’, ‘방학 공부’, ‘하기 완성’, ‘모의 시험 문제’, ‘모의고사’ 등등, 또 그리고 수남이가 매일 밤 한 시 두 시까지 앉아서 동그맹이 치

고, 써 넣고, 계산하고, 하던 수십 권의 '4291년(서기 1958년) 중학교 입시를 위한 필답고사 예상 문제집', 부피가 두꺼운 책, 엷은 책, 책, 책, 책. 수남이의 책상에 쌓이고 쌓인 책들은 을지로 1가 건물들의 축소판처럼 보였다. 또 그리고 겨울 방학이 시작되자부터 5학년용 교과서 공부를 다시 해야 된다고 하여서 아내가 인근 친척집을 싸돌아다니며 5학년 교과서를 빌려오느라고 고생하던 일.

또 그리고 밤마다 붙들고 씨름해 온 숙제, 숙제, 숙제!

"다 못 해 가문 선생님한테 매 맞아."

하고 우겨 대는 수남이는 모의고사와 숙제가 겹치는 날마다 밤을 새다시피 했다.

수남이 얼굴은 노래 가고 신경질이 늘어 갔다.

국민학교 5학년까지는 계산에 넣지 않고, 6학년 1년 동안만 자신만만하게 시험을 치렀겠지 하고 철규는 스스로 위로해 보았다.

아버지는 아들의 눈치만 살폈다. 명랑한가? 우울한가? 어찌 보면 우울해 보이고 어찌 보면 명랑해 보이기도 하여 종잡을 수가 없었다.

집에 다다르자 수남이는 곧장 자기 책상으로 갔다. 책상 위에 겹겹이 쌓여 있는 참고서, 모의 시험 문제, 실력 공부 책들뿐 아니라 교과서까지 포개서 한아름 가득 든 그는 문 밖으로 나갔다. 그는 그 책들을 변소에 내동댕이치는 것이었다.

"얼마나 지긋지긋했으면 저렇게 발광까지 할까? 쯧쯧쯧!"

하고 철규는 혀를 찼다.

사람들은 모두 중학 입시 이야기를 한다

이튿날 아침 늦잠을 자는 수남이를 깨우지 않고 철규는 상점으로 갔다. 학교에 면접하러 가는 것은 아내에게 맡기고.

이 상점 저 가게에서는 모두 중학교 입시 이야기뿐이었다.

"우리 딸년은 아마 백육십 점쯤 딴 모양이에요."

하고 한 사람이 말했다.

"하, 그거 참 잘 치렀구만요. 댁 애기는 붙었소, 붙었어요. 그 끝수면 82퍼센트나 되니까요. 우리 녀석은 백 점두 채 못 딴 모양이던데."

철규는 어안이 벙벙했다. 그는

"아니, 몇 점 땄는질 어떻게 벌써 알아냈소?"

하고 물었다.

"오늘 아침 신문 왜 안 읽었소?"

"신문이라니?"

"자, 여기 있소. 이것 보슈. 고사 문제뿐 아니라 답안 그리고 매 문제 점수까지도 나지 않았소."

철규는 신문을 들여다보았다.

"흠, 백구십오 점 만점이군요."

"그래요? 아니, 난 사백 점 만점이라구 가정하구 우리 애 점수를 계산해 봤더니 이백 한 팔십 점 되던데요."

하고 한 사람이 말했다.

"이백팔십 점이라. 사백 점 만점에. 가만있자. 그럼 칠십 퍼센트가량

되는구먼요.”

“칠십 퍼센트면 어떻게 붙을 수 있을까요.”

“글쎄 아슬아슬하군요.”

“뚜껑을 열어 봐야지요. 알 수 있나요.”

“문제는 몇 점에서 끊느냐가 문제지요.”

“오늘 신문을 보니 모집 정원은 이만 삼천 명밖에 안 되는데 지원자 수는 삼만 칠천이라구 했습니다. 그러니까 일만 사천 명은 어차피 떨어질 것이 아닙니까.”

“정원 미달되는 학교두 더러 있을 거라구 하던데요.”

“시골서 육천 명이나 왔다는데요.”

“시골뜨기들은 왜 와 가지구 남 못살게 굴까, 내 원.”

이야기 중 신문을 들고 있던 철규는 신문을 접어 주머니에 넣으면서 자리를 떴다.

집에는 아내도 수남이도 없었다. 그는 기다렸다. 마음만 더 초조해 왔다. 신문을 펴 놓고 들여다보았으나 글자들이 소리소리할 뿐 의미를 알 수 없었다. 담배만 연이어 피웠다. 혀가 깔깔해졌다.

아내와 수남이가 돌아오자마자 철규는 신문을 아들에게 보이면서

“너 여기 이걸 보구 몇 점이나 땄을는지 계산해 보아라.”

하였다.

“그건 해 보면 뭘 해요. 이 점수 본다구 붙나요.”

“이 자식, 애비 속 좀 태우지 말구 한번 해 봐라.”

“여기 해 봐야 소용 없어요.”

"에이, 망할 자식. 참 별 괴짜로군."

"괴짠 누가 괴짜예요. 당신이 괴짜지."

하고 아내가 가시를 올렸다.

"어째서?"

하고 철규는 고함 질렀다.

"미역을 사 들구 들어오는 사람이 괴짜가 아니구 뭐요."

"듣기 싫어."

어느새 수남이는 밖으로 나갔다.

"그놈 눈치가 어떻습니까?"

하고 철규는 목소리를 힘껏 느리워서 물었다.

"붙을 자신이 있길래 만판(다른 것 없이 온통 한가지로) 천하 태평이지요."

"붙을 자신이 있어서 그러는 건지, 자신이 통 없으니까 자포자기해서 그러는 건지 어떻게 아누?"

"구(區) 단위(單位) 고사 성적은 꽤 좋다고 그러던데요?"

"누가?"

"수남이가."

"제길할 것. 이차 시험 제도는 왜 갑자기 없애 놓구 남 애를 태우게 할까?"

하고 탄식하는 철규는 재작년 맏아들 때 생각을 하는 것이었다.

"이차는 없어두 특차가 있답니다."

하고 아내가 말했다.

"누가 그래?"

“모두들 그러지요. 엿을 못 먹게 한 괴짜두 안심이 안 되는 모양이군요. 안심 안 되면 호적 초본이나 빨리 해 와요.”

이튿날 아침 일찍 철규는 구청으로 갔다. 사람들이 득시글득시글했다. 특히 여인네들이었다.

‘맏놈 때에는 이차 학교가 많아서 덕을 봤었는데 이번엔 특차가 하나밖에 없다니 이거 큰일 아닌가? 그러나 그때에는 개 담임선생이 하라는 대로 하지 않구 내 고집만 폈기 때문에 실패했지만, 이번엔 담임선생 소견대루 했으니까 염려 없겠지’ 하고 철규는 생각하고 있는데 옆에 서 있는 사람이

“매사는 불여튼튼(튼튼히 하는 것만 한 것은 없음.)이지요. 그런데 그 무시험 입학이라는 것 때문에 금년엔 이 꼴이 됐어요.”

“그렇구말구요. 무시험 때문에 시골 학교와 변두리 학교가 과외의 덕을 입구 우리만 골탕먹었지요. 그, 뭐 상관회귀곡선(相關回歸曲線, 상관관계에 있는 두 변수 사이의 관계를 보여 주는 곡선)이라는 것 때문에 무시험이 불공평하게 됐대요.”

“변두리 학교에서는 수(秀) 하나에 삼천 환씩 주구 샀답데다.”

철규의 머리는 더욱더 혼란해지기만 했다.

지원서 접수 마지막 날 오후에 철규는 수남이의 지원서를 특차 학교에 제출했다. 지원자 수가 3천여 명이라고 하는 소리를 듣고도 탄식하는 것 외에 별 도리가 없었다.

합격자 발표 날, 철규는 이 모든 것이 시대착오라고 외친다

발표하기로 예정된 전날 밤 철규는 몸을 뒤챌 뿐 잠을 들지 못했다. 아내도 잠을 못 드는 모양이었다.

시험 치른 그날 밤부터 수남이는 잠에 취해 버렸었다. 마치 지나간 1년 동안 밑진 잠을 보충하는 듯이. 철규는 그날 새벽 일을 회상하고 있었다. 아직 동도 트기 전이었는데 수남이가 잠꼬대를 했다. 잠꼬대에 잠을 깬 수남이는

"엄마아, 나아 떨어지는 꿈을 꿔서."

하고 말하였다.

"그래 어쨌니?"

어머니의 목소리였다.

"엄마랑 나랑 자꾸 울었어."

"아버지는?"

"아버지는 없었어."

철규의 가슴은 뭉클했다.

오후 일이었다. 길 건너 상점 주인은 중학교에 아는 선생이 있어서 전화를 걸어 보았다. 전화 끝내고 난 그 친구의 보고는 이러하였다.

아직 채점이 끝나지 않았는데 밤 새워서라도 채점을 끝내서 이튿날 아침 일찍 뜯고 뜯어, 일람표 만드는 대로 곧 방을 붙인다는 말이었다. 시험은 예년에 비하여 대부분 잘 치른 셈이라는 말까지 덧붙여 했다는 것이었다.

뜬눈으로 새다시피 한 철규는 푸떡 잠이 깨자 라이터 불을 켜 시계를 들여다보았다. 오전 네 시. 그는 후덕덕 일어섰다.

재작년 방 붙는 날 맏아들을 데리고 갔었던 생각이 불현듯이 났다. 처음 읽어 보고 자기 이름을 발견하지 못한 그의 얼굴은 해쓱했다. 숨을 죽이고 두 번 세 번 더 훑어보는 그의 이마에는 구슬이 쫘 내돋았었다.

"오늘은 내가 혼자 가 봐야지."

하고 중얼거리면서 철규는 어둠 속에서 옷을 갈아입었다.

동이 트기 전이었건만 교정에는 벌써 수백 명 남녀노소가 모여서 서성거리고 있었다. 안절부절못하고 교정을 왔다 갔다 하는 철규의 머릿속에는 '10땡'이니, '48번'이니, '미역국'이니, '엿'이니 하는 생각이 오고 갔다. '그날 아침 엿이라도 먹였더면' 하는 허망스런 생각이 그의 신경을 좀먹기 시작했다.

그는 그 생각을 떨어 버리려고 몸부림을 쳤다. 갑자기 그는

"시대착오다. 시대착오 —"

하고 고함을 고래고래 지르면서 발을 동동 구르기 시작했다. 햇볕의 선발대가 서쪽 하늘에 뜬 구름을 물들이기 시작했다.

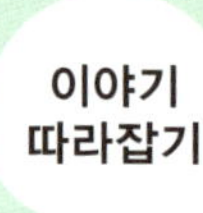

주인공 철규는 아들 수남이의 중학교 입학시험을 치르는 과정에 참여하게 된다. 그는 시험장에 애 업은 아내까지 데리고 따라갔다.

중학교 입학시험인데 첫 시간 시험 과목에 여섯 장짜리 큰 시험지가 배부되고 그것을 단 한 시간에 다 풀어야 하는 것에 철규는 놀랐다. 문제의 난이도도 만만치 않았다. 매 시간 끝날 때마다 철규는 아들에게 시험을 잘 치렀냐고 묻지만 아들의 대답은 신통치 않다.

철규는 입학시험에 난무하는 각종 미신과 속설을 절대로 믿지 않는다. 예를 들면 시험 치는 날 아침에 수험생에게 '엿'을 먹여야 하고 '미역국'을 절대로 주면 안 된다는 것 등이다. 철규는 반발 심리가 발동해 시험 전날 미역을 사 들고 들어갔다. 그러나 아내는 엿을 사 왔다. 철규와 아내는 다투다가 결국 아들에게 미역도 엿도 먹이지 않기로 했다.

시험을 치르고 돌아온 아들 수남은 지난 수년 동안 공부해온 수십 종의 교과서, 참고서, 문제집 등 수험서를 몽땅 변소에 내동댕이 쳐버렸다. 철규는 아들의 심정을 이해할 수 있을 것도 같았다.

입학시험이 끝나면 국내 주요 일간지들이 시험 문제의 풀이와 해답을 내놓는다. 수험생들과 학부모들은 예상 점수를 계산하고 합격선을 추정하느라 매우 바쁘다. 철규는 합격자 발표 날 새벽 4시부터 일어나 서성이다가 일찍 혼자 합격자 명단을 붙이는 학교 운동장으로 갔다. 동트기 전이지만 이미 수백 명의 사람들이 와서 초조하게 기다리고 있었다. 철규는 갑자기 "시대착오다, 시대착오." 하고 소리를 지르며 발을 동동 구르기 시작했다.

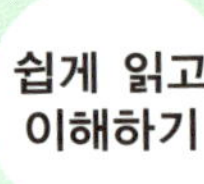

  이 작품은 1950년대 후반 한국 사회의 입시 광풍에 대한 세태 풍자 소설이다. 한국의 각급 학교 입학시험에 대한 지나친 관심과 열풍은 세계에서도 보기 드문 현상일 것이다. 지금부터 천여 년 전 고려 때부터 시작되어 조선 때까지 계속된 과거 시험은 우리 민족의 오랜 전통이다. 과거 합격은 가문과 개인의 영광이며 권력 획득과 재산 축적을 위한 모든 기회가 열린다. 우리 시대의 사법고시, 행정고시 등의 국가 공무원 선발 시험 제도는 말할 것도 없고 대학교 입학시험 열풍도 그 정도가 심하다. 소위 일류 대학의 의대, 법대, 경영대, 공대에 들어가기 위한 경쟁은 치열하다. 이 시험들을 통과하면 사회적 지위와 안정된 직장이 보장된다고 우리가 굳게 믿기 때문이리라. 유교 전통이 강한 우리나라에서 자녀의 교육과 각종 시험에 대한 크게 관심을 가지는 것은 좋은 것이지만 시험에 지나치게 과열되는 분위기는 당연히 고쳐야 할 바람직하지 않은 현상이다.

  1950년대부터 일류 중학교 입학은 한 인간의 인생의 가장 중요한 출

발점으로 인식되었다. 좋은 중학교를 나와야 좋은 고등학교와 대학교에 들어갈 수 있었다고 믿었기 때문이다.

입시 열풍에 휩쓸린 학교는 학생들의 지, 덕, 체 교육에 토대를 둔 균형 잡힌 인성 교육의 장이 아니라 상급학교 입학시험을 위한 강습소나 학원같이 되어 버렸다. 학생, 교사, 학부모는 온통 자신이 목표하는 상급학교 입학시험 준비에 온 힘을 다 퍼부었다. 여기에다 특별 과외와 입시 학원들까지 생겨나 경쟁을 더욱 부추겼다.

아들의 입학시험을 따라다니며 "붙느냐, 떨어지느냐"를 중얼거리고, 합격자 발표를 보러 나가 "시대착오"를 부르짖는 아버지의 절규는 한국 사회에 깊게 뿌리내린 각종 입학시험의 광란에 대한 저항이었으리라. 그러나 이러한 입시의 병폐는 학력 사회에 대한 고정관념과 소위 일류 학교병이 근본적으로 치유되지 않는다면 앞으로도 결코 해결할 수 없는 우리 사회와 시대의 난제 중의 난제로 남을 수밖에 없으리라.

주요섭 朱耀燮(1902~1972)

호는 여심(餘心). 평양에서 태어났으며 시인 주요한(朱耀翰)의 아우이다. 평양의 숭덕소학교, 중국 쑤저우의 안세이중학교, 상하이 후장대학교 부속중학교를 거쳐 후장대학교 교육학과를 졸업하였다. 미국으로 유학하여 스탠퍼드 대학원에서 교육심리학을 전공했으며 중국의 베이징 푸런대학과 경희대학교 영문학과 교수, 국제펜(PEN) 한국본부 회장을 역임하였다.

어린 시절의 주요섭은 친형 주요한과 후에 소설가가 된 2년 연상의 고향 선배 김동인으로부터 많은 영향을 받았다. 1919년 삼일운동이 일어나자 주요섭은 '검은 나비당'이라는 비밀결사의 일원이 되어 등사판 「독립신문」을 만들어 돌리다가 체포되어 10개월간 징역을 살게 된다. 이때 감옥에서 영어로 된 안데르센 동화집을 일영사전을 뒤적이며 한국어로 번역하였고, 단편소설(?) 한 편도 창작한다. 출옥한 후 그 단편을 원고지에 옮겨 적어 『매일신보』 신춘문예에 응모하여 3등으로 당선된다. 그것이 바로 그의 첫 소설인 「이미 떠난 어린 벗」이었다. 이렇게 해서 주요섭이라는 소설가가 조선반도에 처음 등장하게 되었다.

이후 주요섭은 19세의 나이에 독립운동을 하기 위해 중국으로 건너간다. 그러나 도산 안창호 선생의 가르침에 따라 공부를 계속하기로 한다. 후장대학교 재학 시절 본격적인 문학 활동을 시작하여, 단편 「인력거꾼」, 「살인」, 중편 「첫사랑 값」, 「영원히 사는 사람」(『신여성』, 10월호) 등을 발표하며 신경향파 작가로서 이름을 얻게 되었다. 후장대학교를 졸업한 뒤에는 미국으로 건너가 스탠퍼드대학 대학원 교육학과에 입학하여 접시 닦기, 운전수, 청소부 등 온갖 일을 하면서 공부를 계속한다.

귀국한 뒤에는 『동아일보』에 입사하여 『신동아』지의 주간으로 있으면서 짧은 수필과 단편소설들을 발표하였다. 그러나 상하이에서 안창호와 가깝게 지내고 흥사단에 가입한 이력 때문에 국내에 머물기가 어려워지던 차에, 1934년 가을부터 중국 베이징의 푸런대학교에서 영문학을 가르치게 되었다. 이때부터 그의 작품은 초기의 신경향파적이고 자연주의적 경향에서 벗어나 여성편향적이고 내면화된 순수문학으로 전환되었다. 대표작이라 할 수 있는 단편 「사랑 손님과 어머니」를 발표한 것도 이 무렵의 일이다.

1943년, 일제의 식민지 군국주의가 극에 달해 있던 시기에 일본의 대륙 침략에 협조하지 않는다는 이유로 중국 정부로부터 추방당해 귀국하게 된다. 처음에는 평양에 머무르다가 해방이 되자 월남하여 서울에 정착하였다. 해방 이후에는 출판사와 언론사를 거쳐 한국전쟁이 일어난 뒤 부산 피난 시절 경희대학교 영문학과 교수가 된다.

이후 국제펜클럽 한국본부 위원장, 『코리언 리퍼블릭』 이사장, 한국 번역가협회 초대 회장을 역임하며 창작 활동을 이어가다 1972년, 70세의 나이로 별세하였다.

2004년, 주요섭이 1919년 3·1만세운동에 참여하고 옥고를 치른 것이 뒤늦게 인정받아 독립운동가로 추서되었고 묘소도 현재 대전 현충원 독립유공자묘역으로 이장되었다.